외씨버선길, 10년

돌아설 듯 날아가는 그 길에서

외씨버선길, 10년

돌아설 듯 날아가는 그 길에서

예미

목차_

발간사

축간사

외씨버선길, 10년

발간사 _

지역경제를 활성화하는 외씨버선길

정해걸(경북북부연구원 이사장)

외씨버선길 10주년 기념 책자 발간을 축하드립니다. 또한 외씨버선길의 안정적인 운영과 지역경제 활성화에 애쓰시는 오도창 영양군수님께 감사의 말씀을 올립니다.

외씨버선길이 개장한 지 10년이 되었다고 하니, 세월이 빠름을 다시 한번 느끼면서도 영양군과 영월군, 청송군, 봉화군이 함께하여 이런 좋은 길을 만들고, 이를 기반으로 지역의 홍보와 경제활성화에 많은 도움이 된다고 하니 경북북부연구원 이사장으로서 대단히 기쁘고 보람을 느낍니다.

외씨버선길은 낙후지역의 대명사인 BYC, 즉, 봉화, 영양, 청송 3개 군이 모여서 낙후지역을 발전시켜 보자고 하여 시작, 영월이 추가로 참여해서 BY2C가 되었습니다. 당시 제가 청송·의성·군위 지역구 국회의원이면서 농수위 위원으로서 산림청 토지를 지나가는 외씨버선길 루트를 개척하기 위해 4개군 공무원과 북부연구원 원장과 직원들이 애쓰시던 때가 기억이 선합니다. 또한 지금은 고인이 되신 한동수 청송군수님은 주왕산국립공원을 수차례 방문하셔서 지역과 국립공원의 상생을 강조하시면서 외씨버선길의 주왕산국립공원 통과허가를 얻어내기도 했습니다.

외씨버선길은 지역주민들께서 과거에 장보러 또는 학교 다니던 길을 주민의 손으로 복원하여, 주민들에게 소득이 돌아가도록 함으로써 지역민들의 많은 칭찬을 받았습니다. 앞으로도 외씨버선길이 지역주민에게 사랑받은 길이 되길 바랍니다.

이번 책자를 발간하시는데 애쓰신 분들께도 감사드립니다.

축간사 _

대한민국 최고의 명품길

오도창(영양군수)

경북 외씨버선길 10주년을 맞이하여 「외씨버선길 10년, 돌아설 듯 날아가는 그 길에서」책자 발간을 진심으로 축하드립니다.

지난 2010년, 31번 국도를 중심으로 영양, 봉화, 청송, 영월 4개군이 뜻을 모아 여러 문학과 역사적 요소의 연계를 통해 자연과 인간을 하나로 잇는 대한민국 최고의 명품길이 조성되었습니다.

외씨버선길은 우리의 삶을 여유와 활기로 채워주고, 자연을 벗 삼아 건강과 삶의 기쁨을 더해주는 소중한 우리의 자산입니다.

곳곳에 산재한 아름다운 산길과 들길, 숲길들로 가득하여 트래킹을 즐길 수 있는 최고의 조건을 갖추고 있습니다.

4개의 자치단체가 함께 자연과 사람이 어우러진 새로운 유형의 명품길 조성을 위해 달려온 지난 10년의 시간 속에서 새로운 가능성과 희망의 공간으로 변화를 볼 수 있었으며, 이제 또 다른 도약을 위한 출발점에 서 있습니다.

바로 코로나19로 시작된 우리의 일상이 바뀌면서 온라인의 영역이 크게 확장되었고, 콘텐츠의 디지털화로 서로의 경계를 넘어 끊임없이 결합하는 시대가 도래 하였습니다.

빅데이터와 인공지능 기술로 우리가 원하는 제품과 서비스를 제공하는 맞춤형 시대가 열리고, 소통과 공감의 기능을 더해 보다 높은 경쟁력을 지닐 명품길로의 도약을 꿈꾸고 있습니다.

그 시작으로「디지털 전환 시대의 외씨버선길 고도화 방안」이라는 주제로 포스트 코로나 시대를 맞아 새로운 길을 모색하고자 합니다.

아무도 가보지 않은 새로운 길을 여는데 우리 영양군이 봉화, 청송, 영월군과 함께 하겠습니다.

영양의 자연을 걸으며 누구나 건강과 행복을 만끽할 수 있도록 많은 분들과 함께 힘과 지혜를 모으겠습니다.

우리 모두가 머물고 즐길 국가적 힐링 공간으로 거듭날 수 있는 날을 기약하며, 다시 한 번 외씨버선길 10주년을 맞아 책자 발간을 진심으로 축하드립니다. 감사합니다.

축간사 _

우리 마을의 길

김현대(한겨레신문사 대표이사)

10년 전 세상에 없던 길이 태어났습니다. 산과 숲, 그리고 마을에 남아있던 사람 발길의 흔적을 이어 외씨버선 모양의 길을 탄생시켰습니다. 거기에 멋진 이름을 붙였습니다. 이제 외씨버선길은 오래 전부터 그 자리에 있던 길인 것처럼 친근함으로 우리에게 다가옵니다.

저는 7년 전 이맘때 외씨버선길과 첫 인연을 맺었습니다. '외씨버선길과 협동조합'이라는 강의 주제로 주민들과 머리를 맞댔습니다. 그 자리에서 여러 협동조합들이 외씨버선길을 매개로 다양한 사업을 벌이는 꿈을 나눴습니다. 외씨버선길이 마을과 마을, 사람과 사람을 잇는가하면, 여러 협동조합들이 생겨나 주민들의 삶과 지역경제를 더 낫게 하는 동력이 되기를 기대했습니다.

그때, 두 가지를 말씀드리면서 '인내심'을 당부했던 기억이 납니다. 하나는, 지속가능한 협동조합을 꾸려나가는 일이 순탄치 않다는 점이었습니다. 우리에게는 두 사람 동업이 어렵다는 고정관념이 있고, 민주주의 방식으로 사업조직을 꾸려 본 경험이 지극히 일천합니다. 또하나, 시간의 숙성이 필요하다는 말씀을 드렸습니다. 사람들의 협동의 힘이 사업이나 지역의 경쟁력이 되기까지는, 숱한 시행착오를 이겨내는 시간의 축적이 불가피하기 때문입니다.

처음에는, 1개 지역도 아니고 경북의 3개 군과 강원 1개군을 잇는 외씨버선길 사업이 '과연 지속가능할까'라는 걱정이 들었습니다. 하지만, 저의 염려는 기우에 그쳤습니다. 외씨버선길은 10년을 넘어 주민들의 삶 속에 살아 남았습니다. 마을과 지역경제에 생명력을 불어넣는 간단치 않은 촉매제 구실을 해내고 있습니다.

외씨버선길을 생각할 때마다, 제가 몸담고 있는 한겨레신문과 닮은꼴이라는 느낌이 들어 더욱 반가운 마음이 일어납니다. 한겨레도 외씨버선길처럼, 많은 사람들이 불가능하다고 고개를 갸우뚱했던 일을 가능성으로 이뤄냈습니다. 1988년 7만 국민주주의 쌈짓돈을 모아 일간신문을 창간한 기적의 산물입니다.

외씨버선길은 이제 꾸준히 진화하는 길을 찾아나가야 합니다. 당연히, 협동조합, 마을기업, 사회적기업 등 사람 중심의 사회적 경제 조직들이 좋은 대안이 될 수 있을 것입니다. 외씨버선길에서 한국을 대표하는 좋은 지역 협동조합이 나오기를 기대합니다.

외씨버선길 10년을 함께 했던 많은 분들은 이 백서에서 한결같이 '길과 사람, 그리고 마을'의 의미를 되짚고 있습니다. 주민들 스스로의 힘으로 길의 생명력을 더욱 체질화해 나가야 한다는 뜻을 담고 있습니다. '우리 마을의 길' 외씨버선길이 10년을 넘어 100년을 향해 힘차게 달려 나가기를 기대합니다.

축간사 _

외씨버선길 10년을 맞이하며

최현동(경북북부연구원장)

금년이 외씨버선길 10년을 맞이하는 해로서 감회가 남다릅니다. 개인적으로는 2011년, 2012년에 처음으로 길을 만들고 열어갈 때 공무원으로 이 업무를 맡은 부서장을 지냈고, 퇴직하고 경북북부연구원 이사로 위촉되어 마무리와 직접 걸어보면서 다듬어가는데 의견도 제시 할 수 있었습니다

또한 이 길이 있기까지 많은 노고를 아끼지 않으신 정해걸 이사장님께 고맙다는 말씀을 드리고, 경북북부연구원 초대 원장을 맡으신 권오상 원장님은 이 길이 있기까지 기획하고, 추진하신 분으로서 그간의 노고에 감사를 드립니다.

외씨버선길 10년을 회상해보면 정해걸 이사장님과 권오상 원장님이 아니었다면 길이 만들어지지 않았을 것으로 생각하며, 이 두 분과 연구원 관계자들뿐만 아니라 4개 군의 주민들께도 고맙게 생각하고, 길을 걷는 많은 동호회 회원님들께도 고맙게 생각하고 있다는 말씀을 드립니다.

그리고, 또 감사한 분들은 초창기부터 참여하신 허영숙 박사님과 연구원의 여러 이사님 그리고 이정희 안동MBC기자님, 이현숙 한겨레신문 선임기자님 등 여러분의 정성어린 길사랑이 없었다면 외씨버선길 10년이 없었다고 생각합니다.

그리고 행정지원과 예산지원을 해주신 청송, 영양, 봉화, 영월 군수님과 의회의장님 그리고 관계공무원 여러분께도 진심으로 감사의 말씀을 드립니다.

길은 산촌문화와 4색이 흐르는 길이 되도록 길로 가꾸어가야 하고 그 길은 우리가 만들어 가야 한다고 생각을 합니다. 많은 길이 있지만 경상도와 강원도를 잇는 길, 4개군 자치단체를 잇는 길이 10년간 이어지고 있다고 생각하면 앞으로도 계속 이어져 발전할 수 있을 것으로 생각 합니다.

디지털시대를 맞아 핸드폰 하나로 산길을 찾아가는 시대가 열리고 특별한 안내자가 없이 GPS로 도움을 받아서 완주할 수 있는 시대가 열리고 있습니다. 앞으로 많은 분들이 건강을 위해 이 길을 걷게 되기를 기대해 봅니다.

외씨버선길 10년을 맞이하여 많은 지원과 협조를 해주신 연구원 이사님께 다시한번 깊은 감사를 드리며 연구원 임직원의 노고에 감사의 말씀을 드립니다.

외씨버선길, 10년

도보 트레일, 외씨버선길

권오상(경북대학교 교수)

우리나라에는 현재 600개 이상의 걷는 길(산림청 2016년 기준, 이하 트레일)이 만들어져 운영되고 있다. 2007년 제주 올레길을 시작으로 전국에는 수많은 도보 트레일이 생겨났으며, 2010년 이후 그 수가 급격하게 증가하였다.

이제 이 많은 도보 트레일을 어떻게 관리할 것인가에 대한 고민이 필요한 시점이 되었다고 볼 수 있다.* 중앙정부나 지방자치단체의 예산지원으로 트레일이 만들어졌지만, 트레일 유지·관

* 이 글은 2020년 7월 29일 한겨레신문에 실린 글입니다.

리는 재정형편이 열악한 지방자치단체의 몫으로 남겨졌다. 또한 대부분의 트레일은 사유지를 무상으로 이용하는 경우가 많다. 이렇다 보니 땅 주인과 마을주민, 트레일 사용자 간에 갈등은 점점 증가하고 있다. 땅 주인은 쓰레기 무단투기, 농특산물 절취에 시달리고, 지역주민은 트레일 방문객들의 소음과 비매너에 힘들어하고, 트레일 이용객들은 잦은 구간 변경이나 폐지로 골탕을 먹고 있다.

이를 해결하기 위한 방안으로 트레일의 국유화를 제안하고자 한다. 이미 영국은 2000년대에 시작하여, 16개 도보 트레일 약 4,000 킬로미터를 국가트레일로 운영하고 있다. 그렇다고 영국이 대단히 많은 예산이 쓰는 것도 아니다. 트레일 1개 당 약 5억원 미만을 지원하고, 이를 기반으로 마을마다 자원봉사자 조직을 활용하여 트레일의 유지·관리를 해내고 있다. 즉 영국은 산술적으로 계산하면 하나의 트레일 당 5억원의 예산으로 영국의 지역경제를 활성화하고 있다. 영국이 국가 트레일을 만든 이유는 명확하다. 낙후된 농촌과 지역경제를 살리고자 하는 목적이 가장 크다.

미국의 경우에도 연방정부가 미국국립공원서비스(NPS)와 산림청이 주체가 되어 대부분의 국가 트레일을 유지·관리하고 있다. 애팔래치안트레일의 경우 3,480킬로미터의 도보 트레일로, 1968년 "국가 트레일법"을 통과시켜 1.6킬로미터 당 약 15만평 넓이로 토지를 사들여 국유화하였다. 토지소유주들과 많은 갈등이 있었지만 1978년에 시작하여 1984년에 토지매입을 완료하였다. 기존의 토지 소유자와 갈등을 줄이기 위하여 농사나 목축 등의 목적으로 토지 사용을 토지매입 이후에도 허용하는 등 유연성 있는 정책으로 트레일 토지매입을 성공적으로 이끌었다.

외씨버선길 240킬로미터 구간에 방문객은 연간 약 80만 명 이상(방문객 자동 카운터 기 기준)이며, 이들이 약 800억 원을 영양군, 영월군, 청송군, 봉화군 등 BYC(대한민국 낙후지역의 대명사로 지역명을 영문으로 표기 시) 지역에서 소비하고 있다. 토지 공시지가를 기준으로 분석해도 트레일의 경제효과는 명확하다. 영양군 외씨버선길 7길 "치유의 길" 주변 토지의 공시지가는 트레일이 만들어지기 전년도인 2010년과 트레일이 완성된 후인 2016년 비교하면 영양군 평균 공시지가(13%) 대비 34%가 올랐으며, 영월군 외씨버선길인 김삿갓문학길도 주변 토지 공시지가를 트레일 조성 전과 후를 비교해 보면 28%(영월군 공시지가 평균 상승률 4.4%)의 공시지가 상승률을 보여주고 있다.

2020년 6월에 외씨버선길 길벗을 대상으로 한 설문조사에서도 74%의 방문객이 트레일 토지의 국가매입을 찬성하였으며, 유지관리는 지방자치단체가 해야 한다는 의견이 80%에 달한다. 우리도 이제는 무단으로 사유지를 점유한 트레일을 그대로 두지 말고 트레일 사용 토지를 국가가 매입하여 자연환경도 보존하고, 농어촌과 도시지역의 경관과 역사를 보호한다면, 지역경제도 살리고, 코로나로 힘들어하는 국민의 건강도 지키고 100년 후에도 지금과 똑같은 경관과 모습의 트레일로 후손들에게 아름다운 국토를 물려줄 수 있을 것이다.

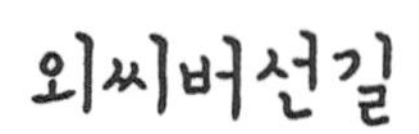

성우제 글·사진

'삶'과 '쉼'이 공존하는 240킬로미터의 힐링 로드

관풍헌가는길
김삿갓문학길
마루금길
약수탕길
춘양목솔향기길
보부상길
치유의길
조지훈문학길
오일도시인의길
장계향디미방길
김주영객주길
슬로시티길
주왕산·달기약수탕길

외씨버선길

성우제(在캐나다 작가)

글로벌 팬데믹 선언 이후 머릿속으로 몇 개월째 만들고 있는 목록이 하나 있다. 코로나19 백신이 나오고 자유롭게 여행 다닐 수 있는 날이 오면 어디 어디를 갈까 하는 것이다. 그런 열망을 가진 사람이 비단 나만은 아닐 것이다. 그런데 나처럼 외국에 사는 사람한테는 절실하게 꿈꾸는 한 가지가 더 있다. 그것은 바로 모국 여행이다.

유럽이든 남미든 아직 가보지 못한 유명 여행지도 많거니와, 남은 인생 여행만 다녀도 못 갈 곳들이 수없이 많지만 이번 참에 새로 결심한 것이 하나 있다. '버킷리스트'(죽기 전에 꼭 해보고 싶은 일들을 적은 목록)의 첫 머리에 한국 여행지들을 올려놓자는 것이다. 거기에는 '지리산종주' '남해안 일주' '울릉도 방문' 등이 있는데, 그만큼 유명하지는 않아도 꼭 가고 싶은 곳이 하나 더 있다. 8년 전 그곳을 방문해 책까지 썼던 터라 다른 여행지에 비하자면 잘 아는 곳이기도 하다.

그럼에도 다시 가고 싶은 마음이 새록새록 돋아나는 이유가 있다. 그곳에는 '고향의 원형'이 살아 있기 때문이다. 경북 청송, 영양, 봉화, 그리고 강원도 영월 4개 작은 도시를 연결하는 외씨버선길. '한국의 원시림'이라 불러도 손색이 없는 경북과 강원 지역 내륙에 난 걷는 길이다. 그 길을 걷다보면 한국 사람이면 누구나 고향에 온 듯한 느낌을 받을 것이다. 고향의 옛 모습과 정서가 훼손되지 않은 채 고스란히 보존되어 있는 광경을 실제로 접하면 눈물이 날 정도로 가슴이 벅차오를 것이다.

외씨버선길을 걷고 책을 써달라는 제안을 받을 무렵만 해도, 나는 이곳의 걷기 여행에 대해 큰 기대를 갖지 않았었다. 2007년 9월 제주올레길이 열리고 난 다음 한국에 불어 닥친 '트레일 유행'을 따라 만든 길이 아닌가 하는 생각이 먼저 들었다. 영남지역에서도 오지로 꼽히는 지역에 난 길이라는데, 그 외진 곳에 볼만한 무엇이 있을까도 싶었다.

사람이 사는 곳이니 그곳 사람들의 이야기를 듣고 쓰면 되겠거니 하는 가벼운 마음으로 캐나다에서 한국으로 건너갔다. 내 고향인 경북 상주와 가까운 동네라는 것도 마음의 부담을 덜어주었다.

외씨버선길이 시작하는 청송에 발을 들여놓자마자 내 생각이 짧았다는 것을 금세 알아차렸다. 그곳에는 이미 사람들이 걷던 아름다운 길이 있었다. 외씨버선길을 만든 경북북부연구원은 마을과 마을을 잇는 옛길을 찾아 나섰다. 동네 사람들이 적극 호응했다. 한 동네에서 평생을 살아온 그들은 어릴 적 학교 가던 길, 읍내 가던 길, 옆 동네 마실 가던 길들을 기억해냈다. 물론 걸어서 가던 길이다. 마을 사람들은 곡괭이와 삽을 들고 옛길 복원에 동참했다. 논두렁길도 있고 산길도 있다. 그런 길들을 연결해 만든 길이 240킬로미터에 이르는 트레일 '외씨버선길'이다.

2012년 9월 나는 열하루에 걸쳐 청송에서 영월까지 외씨버선길 13개 코스를 종주했다. 걸을수록 지치기는커녕 오히려 힘이 났다. 걸으면서 접하게 되는 자연과 문화와 사람들의 인심에 점점 더 매료되었기 때문이다. 그곳에는 문명의 때가 타지 않은 자연이 살아 있었고, 볼거리와 먹을거리가 풍부했다. 무엇보다 그 지방 특유의 옛 양반문화를 제대로 접할 수 있었으며, 순박한 인심을 간직하고 있는 아름다운 사람들을 만날 수 있었다. 나는 걷는 내내 행복했다.

이 글을 쓰려고 2013년 3월에 발간된 〈외씨버선길〉(휴)를 다시 읽다가 가슴이 벅차올라 눈물을 쏟을 뻔했다. 길을 걸으며 내가 받은 감동을 책을 읽으며 다시금 떠올릴 수 있었기 때문이다. 외씨버선길이 지나는 어느 곳 하나 정겹지 않은 곳은 없다. 그 가운데서도 외씨버선길 하면 내 머리 속에 가장 먼저 생각나는 곳들이 있으니, 외씨버선길을 걸으려 하는 분들이 미리 알고 가면 도움이 될 것이다. 알고 가면 걷는 기쁨이 더 커질 것이다.

청송

청송에서 가장 인상적인 것은 두 가지였다. 먼저, 1코스 '주왕산-달기약수탕길'. 외씨버선길을 찾은 사람들에게 안겨주는 '명품 종합선물세트'쯤 된다. 명품을 꼽아보자. 우선 출발점인 주왕산이 그렇다. 주왕산은 돌산이 병풍처럼 빈틈없이 이어진 풍광으로 유명한 명산. 외씨버선길은 계곡을 따라 주왕산을 오르는 등산로로 시작된다. 기왕 나 있는 등산로를 걸으면 되는데, 산과 하늘이 보이고 맑은 계곡 물을 따라가는 길이어서 걷는 맛이 더없이 좋다. 산의 정상까지 등산하는 것이 아니니 마음의 부담도 별로 없다.

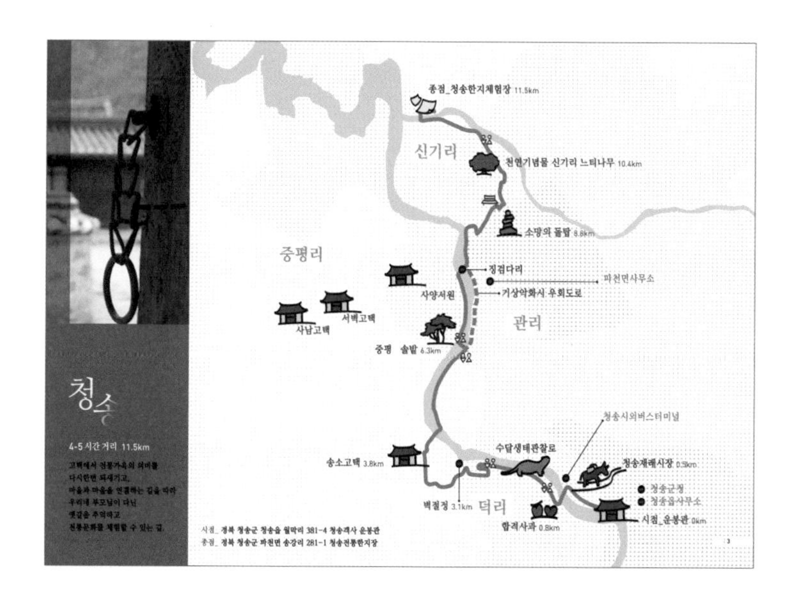

오르막에서 내리막길로 바뀌는 금은광이 삼거리를 지나면서부터는 목이 마르고 배가 고프더라도 참는 것이 좋다. 조금만 더 내려가면 청송에서만 경험할 있는 특별한 물과 먹거리가 기다리고 있다. 주왕산에서 내려와 마을 하나를 지나면 달기약수탕이 나온다. 10년 묵은 체증까지 뚫어준다는 전국에 알려진 유명 약수이니 마실 수 있는 만큼 마시는 것이 좋다. 엿을 먹어가면서 마시면 더 많이 마실 수 있다. 톡 쏘는 맛이 일품이다.

약수탕 근처에는 닭백숙 전문 식당들이 있다. 약수로 익히고 끓여낸 닭과 닭죽은 연두색을 띈다. 닭죽은 더없이 고소하고 담백하다. 갖가지 산나물 반찬과 함께하는 천하일미.

닭죽을 배부르게 먹고 설렁설렁 내려가다 보면 솔기온천이 나온다. 청정지역 깊은 골짜기에서 하는 온천욕. 말만으로도 어떤 기분이 들지 짐작할 수 있을 것이다. 트레일을 걸으면서 이런 명품들을 차례차례 경험하는 것은 세상 어디에서도 흔치 않은 일이다.

명품 퍼레이드는 거기에서 끝나는 게 아니다. 1코스 18.5km 마지막 지점인 운봉관에서 2코스를 출발해 3.8km만 더 가면 외씨버선길에서만 만날 수 있는 숙소가 있다. 송소고택이다. 우리나라 고택의 60%가 경북 북부 지방에 몰려 있고 송소고택은 그 중에서도 손꼽히는 곳이다. 고택이라고 하여 불편하다 여기면 오산. 외부인에게 숙소로 제공하면서 안팎을 말끔하게 단장했다. 만석지기 부잣집 사랑방의 뜨끈뜨끈한 온돌에서 하룻밤 자고 나면 몸이 날아갈 듯 개운해진다. 고택은 영양, 봉화에서도 계속 만날 수 있다.

영양

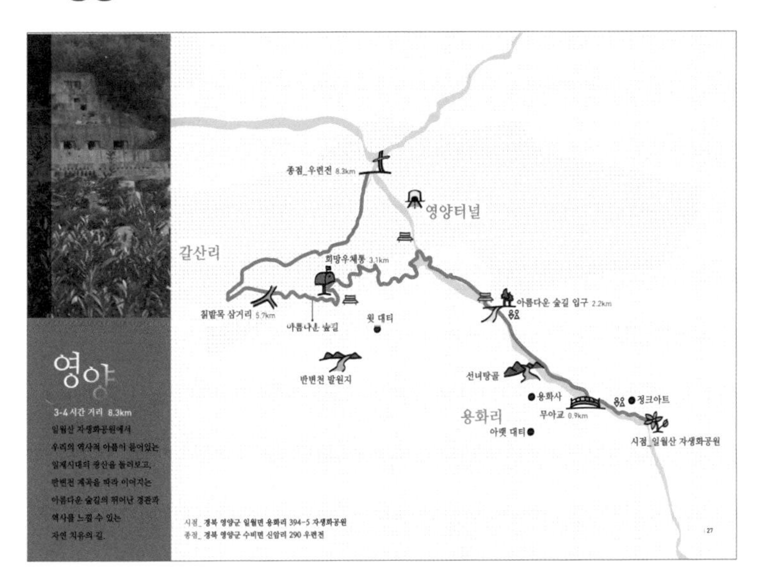

청송 사과는 사각거림이 다르고 유달리 달다. 영양으로 넘어가면 사과에 이어 고추가 등장한다. 수비초라 불리는 영양 고추는 전국 최고의 명품이다. 영양의 밭이란 밭은 거의 모두 고추밭이다. 외씨버선길의 가장 큰 자랑거리는 맑은 자연. 영양에 들어서면 그것이 어떻게, 왜 자랑인가를 눈으로 직접 확인할 수 있다. 논두렁에는 메뚜기, 개울에는 다슬기가 발에 밟힐 정도로 많다. 밤이면 반딧불이가 날아다닌다.

외씨버선길의 영양 구간에서 가장 권할 만한 코스는 다섯째 길인 '오일도시인의 길'. 일월산에서 시작되는 반변천 맑은 물을 따라 선바위관광지에서부터 올라가는 길이다. 산촌생활박물관은 작지만 매우 잘 꾸며놓은 전시장. 박물관에서 이어지는 길은 나지막한 산과 개천, 논밭이 어우러지는 전형적인 시골길이다. 아름다운 측백나무 숲이 있고, 푸르게 흐르는 시냇물이 길을 따라 흐른다. 마르지 않은 푸른 시내와 옛 시골길이 지금도 살아 있다는 것 자체가 놀라운 일이다. 탄성이 절로 나온다.

영양 구간에서 빼놓지 말아야 할 곳은 두들마을과 조지훈시인의 생가가 있는 주실마을. '장계향 음식디미방'으로 유명한 두들마을은 기와집들로 빼곡히 들어차 있다. 고택에서 잠을 자고 새벽에 일어나 유서깊은 동네 골목길을 산책하는 맛이 여간 좋은 게 아니다. 조선조 양반가의 순한 음식을 먹어볼 수도 있다. 이 마을 재령이씨 종손부부가 살려낸 동아시아에서 가장 오래된 레시피로 만든 음식이다.

주실마을도 반드시 들러야 할 곳. 영양전통시장에서 산나물 비빔밥 든든하게 먹고 산길이며 들길을 5시간 정도 천천히 걷다 보면 조지훈문학관이 있는 주실마을이 나온다. 6코스 조지훈문학길이다.

외씨버선길 7코스 '치유의 길'은 영양에서 봉화로 넘어가기 직전에 있는 길. 이곳에는 일제강점기부터 1976년까지 광산과 제련장이 있었다. 제련장의 오염이 산하를 어떻게 망가뜨렸는지, 자연은 또 그것을 어떻게 극복하고 감싸 안았는가를 목격할 수 있는 곳이다. 이곳에서는 무엇보다 전국에서 가장 근사한 길로 소문난 '아름다운 숲길'을 걸을 수 있다. 예전에 호랑이가 나왔다는 일월산 깊은 산길을 걷는 맛은 무엇에도 비견할 수 없다. 대티골 황토방 체험도 강추.

봉화

가을에 봉화를 가면 어디서나 송이 이야기이다. 외씨버선길 봉화구간을 걷다보면 송이는 저절로 만나게 된다. 맛을 보고 싶다면 춘양장터 같은 시장을 방문하면 된다. 주의할 사항은 송이가 자라는 산에 함부로 들어가서는 안 된다는 것.

봉화에서 가장 인상적인 길은 보부상들의 발자취를 느낄 수 있는 8코스 '보부상길'이다. 열두 고개가 있어서 예전에는 십이령이라고 했다. 그 고개들을 넘다보면, 동해안에서 짐을 지고 경북내륙과 서울로 향하던 보부상이 된 기분이 들기도 한다. 이 길이 무엇보다 좋은 까닭은 투명한 냇물과 숲길을 잇달아 만날 수 있기 때문이다. 외씨버선길에 아름다운 구간이 많지만 소천면에서 춘양면으로 넘어가는 마지막 고개 '살피재'를 꼭 경험하기 바란다. 빽빽한 가뭄비 나무숲에 이어 낙엽송과 소나무가 연이어 나타나는 숲길이 일품이다. 시간 가는 줄도, 힘든 줄도 모르고 걷게 되는 길이다. 이렇게 아름다운 길은 어디에서도 만나기 어렵다.

살피재 숲길 못지 않게 감동적인 길이 하나 더 있다. 9코스 '춘양면 솔향기길'의 대미를 장식하는 '서벽리 춘양목 군락지'. 하늘을 향해 찌를 듯이 서 있는 1,500여 그루의 소나무 숲길이다. 그곳을 걷다보면 깜짝 놀라는 순간이 있다. 산 위에서 폭포처럼 쏟아져 내려오는 솔향기에 온몸을 적시는 듯한 느낌이 들기 때문이다. 머리가 맑아지고 몸이 시원해진다. 이런 향을 피톤치드라 한다는데, 숲이 만드는 만병통치약으로 불린다.

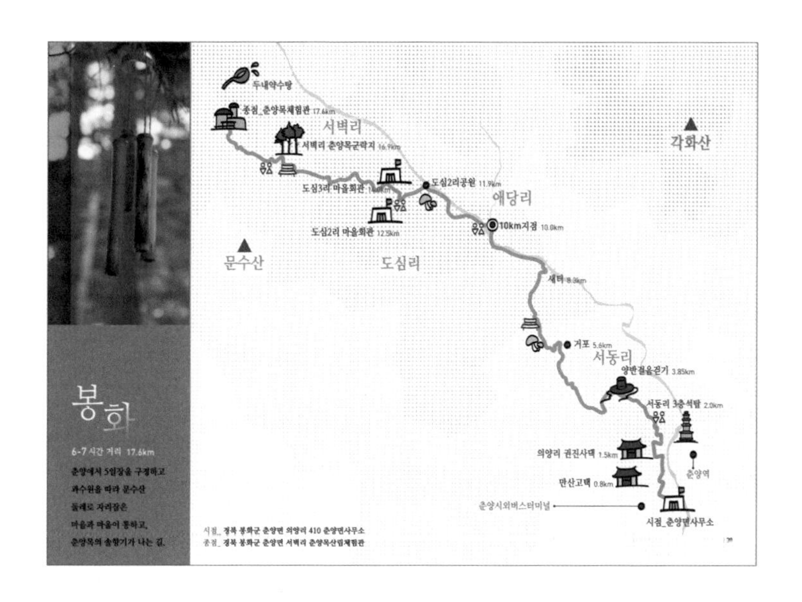

영월

영월로 넘어가면 강원도라 그런지 분위기가 사뭇 달라진다. 봉화와 영월을 잇는 11코스 마루금길은 외씨버선길의 백미 가운데 하나. 15.4 Km에 이르는 산길을 평균 고도 1,000m 능선을 타고 간다. 백두대간의 선달산을 거쳐, 어래산을 지나 곰봉으로 향하다가 영월 김삿갓문학관으로 내려간다. 원래 선달산과 어래산을 연결하는 등산로는 없었다.

경북북부연구원 외씨버선길 탐사팀은 봉화(선달산)와 영월(어래산)을 잇는 길을 찾다가 이곳에 약초가 많다는 사실에 주목했다. 약초꾼들이 다니던 옛길을 찾아보니 희미하게 살아 있었다. 그 길을 정리하고 다듬었다. 선달산-어래산의 약초꾼 길과 어래산-곰봉의 등산로를 연결하고 나니 멋진 트레일 코스 하나가 새로 탄생했다. 마루금길이라 이름지었다.

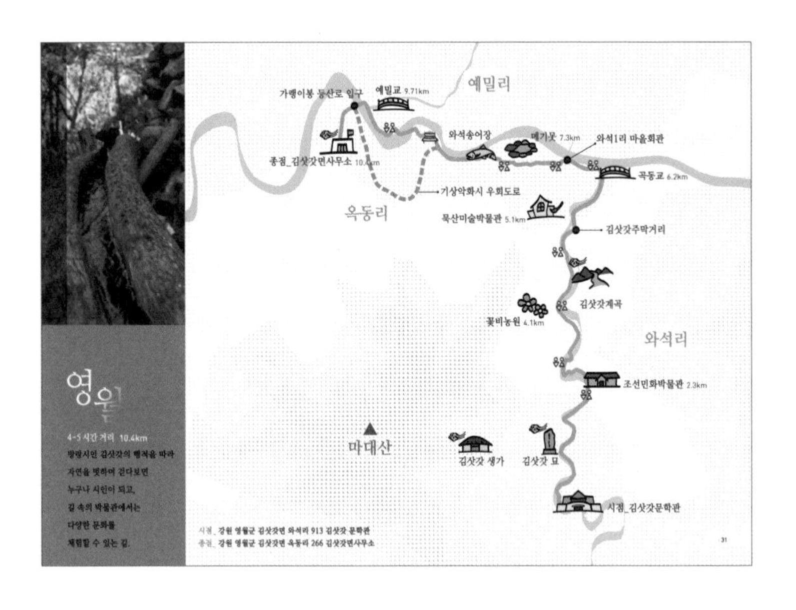

우리나라 트레일 중에서 1,000미터 고지를 계속해서 걷는 길로는 외씨버선길의 마루금길이 유일하다. 마루금은 '산등성이의 가장 높은 곳을 이어놓은 선'이라는 뜻. 고지대의 그 선을 걷

는다고 겁먹을 필요는 없다. 발을 옮길 때마다 새로운 풍경이 등장하니, 그것을 감상하다 보면 힘든 줄 모른다. 도시락을 싸들고 올라가 걷는 중간에 먹는 맛이 일품이다.

외씨버선길 영월 구간의 또 하나 명품은 12코스 김삿갓문학길이다. 이 길의 특징은 7킬로미터 넘게 계곡을 따라 계속 이어진다는 것. 물소리를 들으며 숲길을 걷는 맛이 여간 좋은 게 아니다. 과거 김삿갓도 이 계곡을 무릉계라 칭했다고 한다. 걸으면서 듣는 계곡물 소리가 너무 좋아서 '소리길'이라는 느낌이 들었다. 맑은 물소리를 들으며 걸어가는 숲길. 듣기만 해도 그 느낌을 상상할 수 있을 것이다.

마지막 코스인 '관풍헌 가는 길'의 대야산성에 오르면 숨을 멈추고 바라보게 되는 풍경이 나타난다. 영월 동강과 서강의 물을 모은 남한강이, 우리가 지나온 김삿갓계곡의 물을 합친 옥동천과 합류하는 광경이다. 남한강이 충북 단양으로 빠져나가는 모습이 장관이다.

외씨버선길이 지나가는 청송, 영양, 봉화, 영월 4개 도시는 우리나라에서 산업화의 혜택을 가장 더디게 받은 곳이다. 그것이

전화위복이 되어, 저곳에는 우리나라에서 가장 깊고 아름답고 맑은 자연이 살아 숨쉬고 있다. 외씨버선길은 바로 그 속으로 걸어서 들어가는 길이다. 볼거리는 물론 순한 먹을거리가 지천으로 깔려 있다. 무엇보다 아름다운 것은 저곳에 사는 사람들의 순한 인심이다.

나는 외씨버선길을 걷고 책을 쓴 데 이어, 내친김에 제주올레길 425킬로미터를 모두 걷고 책(《폭삭 속았수다》 강 2014)으로 펴냈다. 제주올레길 첫번째 종주기이다. 제주올레길에서는 신기한 풍속을 많이 만났다. 외씨버선길에서는 정겨운 광경을 많이 접했다. 한번 걸었던 외씨버선길을 버킷리스트에 올려놓은 것은, 무엇보다 사람들의 도타운 정을 다시금 맛보고 싶기 때문이다.

외씨버선길,
'새로운 10년'을 위한 올림글

이정희(안동MBC 기자)

지금부터 꼭 10년 전이다. 2011년 3월 19일 토요일 아침 뉴스(MBC 뉴스투데이), 경북 4개 시군이 함께, 사라진 옛길 '외씨버선길'을 주민의 손으로 복원한다는 뉴스를 전국에 내보냈다. 그리고 같은 달 31일, 외씨버선길 첫걸음 행사를 청송군의 옛 객사인 운봉관에서 갖고, 외씨버선길이 대외적으로 첫 선을 보였다는 뉴스도 안동MBC를 통해 보도했다.

옛 영상을 보면서 취재 당시의 느낌이 새삼 떠오른다. 공기가 무척 맑았고, 길 복원하시던 70~80대 할아버지들이 어릴 때 다니던 길의 모습을 즐겁게 얘기하셨고, 그 추억을 안고 손수 길을 만들어 가시는 모습이 조금은 가슴 찡했던 기억이다. 그분들 중

적지 않은 분이 세상을 떠나셨을 테고, 첫걸음 행사 때 인터뷰했던, 누구보다 외씨버선길 조성에 적극적이었던 한동수 청송군수께서도 지금은 고인이 되셨다. 이렇듯 외씨버선길 10년에는 많은 사람의 정성이 깃들어 있다. 그 정성으로 사람은 갔지만 길은 남아 있게 된 거다.

지금의 외씨버선길은? 솔직히 말하면 10년 전 조성 당시 희망 가득한 전망치보다는 기대에 못 미친다는 개인적인 생각이다.

그 이유는 첫째, 길 관리가 일상적인 시스템으로 구축돼 있지 않다. 4개 시군이 매년 예산을 세워서 관리한다고 하지만, 풀이 자라면 주민에게 일거리를 주고 정리하도록 하는 방식이다. 지자체가 연중 1~2차례 길을 정비할 예산을 세워서 부정기적으로 주민에게 일을 시키는 방식이다. 이 방식은 지자체장의 의지에 따라 관리 상태가 제각각일 수밖에 없다. 실제로 어떤 지역은 외씨버선길 조형물이 사라지고 풀도 길어서 관리가 안 되고 있다는 주민들의 불만 섞인 얘기도 들린다. 더 나아가 지자체의 의지에 따라 외씨버선길을 걷거나 외부에 드러내는 정도도 차이가 난다.

둘째, 외씨버선길을 대하는 지역 주민의 애정이 과거와 같지 않다. 지역 주민도 "우리 마을의 길"로 생각하는 마음이 있어야 함께 가꾸기도 하고 자랑도 할 게 아닌가. 그래야 길도 보존되고 사람도 많이 찾을 텐데 말이다. 외씨버선길 중 가장 아름다운 구간으로 홍보됐던 일부 구간의 마을은 연계 사업이 마을에 떨어지면서 오히려 이해관계가 얽혀 주민 간 송사가 벌어지고 있는 현실이다. 외씨버선길이 오히려 공동체에 부정적인 영향을 미치는 계기가 됐으니, 마을에서부터 인식이 좋을 리 없다.

셋째, 관광객이 찾는 트래킹 코스로 아직은 안착하지 못했고, 주민 소득사업과도 제대로 연계돼 있지 있다. 길이 조성되면 관광객이 많이 찾고, 지역 주민은 도시락 혹은 식사를 제공하고 농산물이나 기념품도 판매하는 시스템을 기대했지만 아직은 장밋빛 전망일 뿐이다.

10년 차를 맞은 외씨버선길은 이제 퍼시픽 크레스트 트레일(Pacific Crest Trail) 즉 미국과 멕시코, 캐나다 국경까지 연결된 4279km의 'PCT'처럼 발전하는 꿈을 꾸고 있다. 그렇게만 되면 얼마나 멋질까.

그 꿈을 꾸기에 앞서 내가 가장 소중하게 생각하는 기본은 바로 이 부분이다. 외씨버선길이 명품 트레킹 코스로 발전하기 위해 기회가 될 때마다 제언했던 것이기도 한 데, 바로 주민이 주체적으로 길을 관리하는 시스템이 구축돼야 한다는 것이다. 옛길의 추억을 간직한, 그 지역에 살고 있는 주민이 “나의 길”, “우리 마을의 길”로 외씨버선길을 애정하고 가꾸고 보존해야 이 길이 영원할 수 있고, 또 살아 있는 길이 될 거라는 판단이다. 정부에서, 지자체에서 혹은 대기업이 큰 예산을 투여해 한꺼번에 PCT 같은 관리 시스템을 만들지 않는 이상.

시행 방식으로는 주민이 참여하는 ‘사회적 협동조합’ 같은 형태의 조직을 만들어 마을 주민이 직접 길을 관리하고 운영하도록 하고, 4개 지자체는 출자 혹은 필요한 사업을 통해 예산을 지원하면 좋을 것 같다. 고정적인 사무 인력, 가령 도시 청년이나 귀향하는 청년이 자리를 잡고, 마을 주민에게는 안정적인 일자리가 생긴다. 길 걷기 이벤트나 주민소득 사업으로의 연계와 개발도 훨씬 원활할 것으로 예상된다.

외씨버선길 10년의 노력이 겨우 지금을 만들었듯, 쉽지는 않겠지만 그 못지않은 10년의 노력을 기울여야 이 길이 많은 이의 정성이 헛되지 않는, 살아 숨 쉬는 길이 될 것이다.

우련전~분천풍애마을
봉화연결구간
22km
치유의길
우련전
우련전

외씨버선길, 인연

송우경(산업연구원 대외협력실장)

외씨버선길과의 인연

외씨버선길과 나의 인연을 생각해보면 벌써 10년, 강산도 변한다는 10년의 세월이 흘렀다. 10년이라는 지난 시간이 그리 오래되지 않게 느껴짐은 아마도 외씨버선길에 대한 좋은 기억들과 함께 지금도 계속되는 나와의 인연 때문이라 생각한다.

나는 2008년에 대통령직속 지역발전위원회에서 파견근무를 하면서 외씨버선길을 업무적으로 접하게 되었다. 광역권 연계협력사업의 평가·선정·모니터링 과정에 직·간접적으로 참여하면서 외씨버선길의 사업계획서, 발표평가 현장에서 지자체 및 관계자들의 사업에 대한 열의, 공모사업 선정이후 사업추진 과정을 현장에서 바라볼 수 있는 기회를 갖게 되었다. 당시 이명박 정부는 규모의 경제, 네트워크의 경제를 통해 지역의 경쟁력을 높이 위해서 광역권 연계협력사업(시도 또는 시군구 행정경계를 넘어선 지역 간 협력 사업)을 역점적으로 추진하고 있었고, 외씨버선길 사업은 광역권 연계협력사업 공모사업을 위해서 기획되었다. 내가 처음 받은 인상은 다른 지역의 사업들은 주로 지역산업육성, 기반시설 확충 등 HW 사업에 초점을 두고 있었지만, 외씨버선길사업은 지역의 생태적, 인문학적 자원을 활용한 주민참여를 강조하고 있었다는 점이다. 동 사업은 경상북도와 강원도에서 상대적으로 발전도가 낮은 봉화, 영양, 청송, 영월, 4개 군이 추진 주체라는 점, 백두대간에 위치한 청정 자원과 더불어 인문학적 자원 등을 길 만들기에 적극 활용한 점, 사업초기부터 지자체 및 지역 주민의 큰 관심과 참여 속에 지역의 내부역량과 외부 전문가들의 힘을 잘 엮어 낸 점 등이 매우 인상 깊었다.

외씨버선길에 대한 개인적인 인연은 경북 영양에 소재한 경북북부연구원의 정해걸 이사장님과 권오상 교수님과의 관계에서 비롯되었다. 경북북부연구원은 경북 도내 균형발전 및 북부지역의 발전에 관심을 두고 있는데, 정해걸 前국회의원님과 권오상 교수님은 열정적으로 연구원 운영에 참여하셨다. 평소 나는 두 분을 균형발전을 위해 현장에서 뛰는 활동가 및 전문가로 존경하고 있었는데, 경북북부연구원이 외씨버선길사업의 발굴 및 기획을 주도적으로 이끌면서 자연스럽게 외씨버선길에 관심을 갖게 되었고 동 사업을 보다 소상하게 이해하는 계기가 되었다.

업무적으로, 개인적으로 시작된 인연은 2020년 7월 8일, 영양군청에서 열린 '디지털 전환시대의 외씨버선길 고도화 방안' 세미나에 참석하여 길 만들기에 참여했던 많은 분들을 다시 만나 향후 외씨버선길의 발전 방향을 함께 논의하면서 인연의 끈을 이어가는 계기가 되고 있다.

외씨버선길 조성과정에 담긴 나의 기억

나는 외씨버선길 조성 과정에서 현장을 답사하고 직접 길과 객주를 만드는 물리적 작업에는 참여하지는 않았지만, 외씨버선길의 기획 및 계획수립 과정, 조성된 길에서 개최된 축제 및 기념행사 참석, 활성화 방안을 모색하는 여러 세미나 등에 참여함으로써 외씨버선길에 대한 소중한 기억들을 갖게 되었다. 내가 갖고 있는 외씨버선길에 대한 기억 중에 다음의 3가지가 의미 있는 것으로 생각된다.

첫째는 외씨버선길 기본계획의 수립과정에 자문위원으로 참여하면서 외씨버선길 이름 선정과 관련된 기억이다. 당시 제주 올레길, 지리산 둘레길 등 길 만들기 사업과 걷기 열풍이 휘몰아치던 시기라 세간의 관심을 불러일으키고 핵심 테마를 쉽게 나타낼 수 있는 이름을 짓는 것이 중요하였다. 당시 기본계획 수립에 참여했던 한국문화관광연구원의 김효정 박사가 조지훈의 승무를 이야기 하면서 '외씨버선길'을 이름으로 제안했는데 회의 참석자들의 많은 공감을 받았던 것으로 기억이 난다. 영문표기명인 BY2C도 당시 의류브랜드명을 연상하게 하여 처음부터 친숙했고, 일반 사람들에게도 쉽게 다가갈 수 있을 것이라 예상을 하였는데, 실상 그렇게 되었다. 이름과 함께 보라색 로고와 심볼 등도 더디지만 지역 관계자와 전문가들의 의견을 수렴하는 숙성의 과정을 거쳐 탄생했다고 기억하고 있다. 나는 외씨버선길의 기획 및 계획 단계에서 지역발전위원회의 직원이며 외씨버선길에 관심이 있던 사람으로서 단순한 외부 관광객들을 위한 사업이 아니라 지역주민이 참여하고 성과도 공유하는 사업이 되어야 함을 이야기했던 기억이 있다.

둘째, 또 하나 기억에 남은 일은 이명박정부가 추진한 광역권 연계협력사업은 공간적 범위가 시도 경계를 넘어야 하는데 봉화, 영양, 청송은 모두 경북 도내 시군이라 연계협력사업의 요건을 갖추기 위해서는 다른 시도의 협력파트너를 찾아야만 했다. 당시 영월은 충북의 제천, 단양, 경북의 봉화, 영주, 강원도의 평창, 영월이 참여하고 있는 중부내륙권행정협의회의 일원으로서 경북 북부지역과 교류협력의 공감대가 잘 형성되어 있었고, 영월은 자체적으로 김삿갓 길, 박물관 만들기 등 장소마케팅 사업을 적극적으로 추진하고 있어서 최상의 파트너가 될 수 있다고 생각하고 있었다. 경북도와 봉화, 영양, 청송의 적극적 노력으로 영월을 외씨버선길의 협력 주체로 함께 하고 있는 것은 지금 생각해도 참으로 올바른 결정이었다고 생각한다.

셋째, 나는 참여정부를 포함하여 이명박 정부와 박근혜 정부 시절 지역발전위원회에 파견근무를 하였는데, 역대 위원장님들에게 외씨버선길에 대해 기회가 있을 때 마다 말씀을 드리고 위원장님들이 관심을 가지도록 한 점이 기억에 남는다. 외씨버선길이 광역권 연계협력사업으로 선정될 당시 위원장을 역임하셨던 최상철 교수님이 위원장 임기를 마치고 자연인 신분으로 계실 때, 교수님과 사모님, 그리고 친구분들을 영양으로 모셔서 세미나와 함께 직접 길을 걸어보 실 수 있는 기회를 권오상 교수님과 함께 만든 일은 지금 생각해도 큰 의미가 있었다고 생각한다. 이명박 정부 때 제2대 지역발전위원회 위원장을 맡으셨던 홍철 위원장님은 봉화, 영양, 청송에 기회가 있을 때마다 자주 방문을 하셨고, 위원장 임기를 마치신 이후에는 직접 문경으로 귀촌하셔서 늘 가까운 거리에서 외씨버선길을 지켜보며 지속적으로 발전하기를 기대하고 계신다. 박근혜 정부 시절 초대 지역발전위원장을 지내신 이원종 위원장님은 외씨버선길에 남다른 관심을 갖고 계셨고, 외씨버선길 사진을 위원회 회의실에 걸어 놓자는 제안을 흔쾌히 받아들여서, 서울 광화문 청사에 있는 국가균형발전위원회를 방문하시는 분들과 직원들은 커다란 몇 장의 외씨버선길 사진을 직접 볼 수 있다.

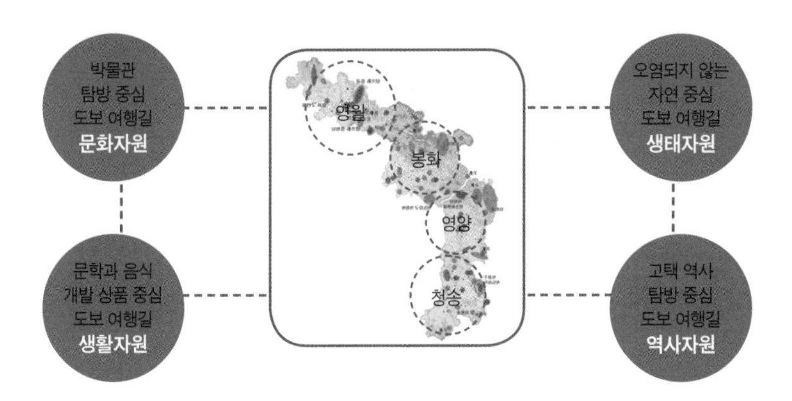

외씨버선길 향후 10년에 바라는 점

나는 균형발전정책, 지역혁신사례 등과 관련된 세미나 또는 강연이 있을 때 발표 자료에 외씨버선길사업을 포함하여 참석자 분들에게 외씨버선길을 소개하고 한번은 가보도록 이야기를 하고 있다. 그 이유는 연계협력사업으로서 외씨버선길이 지닌 독특한 특징, 지금까지의 성과와 더불어 향후 미래의 모습을 함께 지켜보자는 의미 때문이다. 외씨버선길 향후 10년은 장기적으로 볼 때, 향후 100년의 초석을 만드는 시간이 될 것으로 생각된다.

외씨버선길이 국내 내륙지역에 대표적인 길로 자리매김하여 지역이 안고 있는 문재를 해결하고 지역주민들의 삶의 질을 높이는데 기여하길 희망한다. 봉화, 영양, 청송, 영월은 인구감소, 고령화, 지방소멸의 위기감이 다른 지역보다 높다. 양적인 방문객의 수도 중요하지만 지역의 자존심을 회복하고 지역의 공동체를 복원하는 사업이 되길 희망한다. 소위 장소의 발전(place prosperity)보다 진정 지역 주민이 행복하고 삶의 질을 높이는 주민의 발전(people prosperity)에 기여하는 사업이 되기를 소망한다. 국내외적으로 Number One 아닌 Only One이 되어 다음 세대도 자랑스럽게 여기는 지역자산이 되기를 희망한다.

문재인 정부에서 초대 균형발전비서관을 지낸 우석대학교 황태규교수님은 지역에 대한 사람들이 갖는 생각과 인식의 변화를 다음과 같이 3단계로 설명하였다. 가고 싶다, 머물고 싶다, 그리고 살고 싶다. 개인적으로 외씨버선길을 걸어보지 않은 분들에게는 가고 싶은 곳으로, 한 두 번 외씨버선길을 경험한 분들에게는 머물고 싶은 곳, 나아가서는 살고 싶은 곳이 되길 기대해본다.

금년 들어 전 세계적으로 확산된 코로나 19로 인해서 여러 분야에서 많은 변화가 생겨나고 있다. 코로나 19로 인해 해외여행이 당분간 제한됨으로써 국내여행에 대한 수요가 증가하고 있으며, 코로나 19로 인한 육체적·정신적 고통과 스트레스의 치유에 대한 사회적 관심도 커지고 있는 상황이다. 외씨버선길은 처음부터 청정자원과 인문학적 자원을 활용하여 사색과 치유의 공간을 지향하고 있었다. 코로나 19가 가져올 총체적 변화와 종료시점을 지금 예상하는 것이 쉽지는 않지만, 외씨버선길이 세계적인 전염병 확산으로 인해서 힘들고 지친 많은 사람들에게 치유와 재생의 공간이 되기를 희망한다.

협동과 연대의 경제 실험을 함께

이현숙(한겨레신문 선임기자)

지난 7월 KBS 시사교양프로그램 〈한국인의 밥상〉에서 외씨버선길 편을 보았다. 가슴이 뭉클했다. 저렇게 아름다운 길 사업 일부에 함께 했다는 데 뿌듯함마저 느꼈다.

외씨버선길과의 첫 만남은 2013년이었다. 당시 한겨레신문사의 경제연구소 소장직을 맡고 있었다. 한겨레경제연구소는 2007년 만들어진 부서로 사회적 경제 연구, 교육, 출판 등을 해 왔다. 사회적 경제는 양극화 등 사회문제를 풀기 위해 협력과 연대로 상품이나 서비스를 만들어 파는 민간 분야 경제활동이다. 사회적기업, 협동조합, 자활기업, 마을기업 등이 대표적인 조직 형태다.

그해 봄날 경북북부연구원의 권오상 원장님이 연락해 왔다. 경북 봉화·영양·청송군, 강원 영월군 등 4개 군이 공동으로 외씨버선길 사업을 진행하고 있다고 했다. 경북북부연구원이 사업의 사무국을 맡고 있었다. 권 원장님은 지자체 주도로 외씨버선길을 조성한 뒤, 지속성을 가지기 위해 주민 주도의 운영 기반 마련을 고민하고 있었다. 그 방안의 하나로 4개 군의 주민과 공무원 등을 대상으로 협동조합 교육을 기획했다.

한겨레경제연구소는 사회적기업 학교, 사회적기업가 MBA 등 여러 교육을 수행해 왔고, 진행하고 있었다. 지역 현장에 적용해 볼 수 있는 좋은 기회라는 판단으로 적극적으로 나섰다.

물론 고민도 있었다. 외씨버선길이 서울에서 워낙 멀어 시간과 물리적인 여건이 걱정이었다. 또한 아무리 좋은 프로그램도 지역의 분위기와 주민 눈높이에 맞추지 않으면 소기의 성과를 거두기 쉽지 않아 궁리를 많이 해야 했다. 다행히 시민단체 네크워크를 활용해 봉화로 귀농한 청년을 소개 받았다. 그를 포함해 한겨레경제연구소의 내부 인력과 함께 전담팀을 꾸렸다.

외부에서 지원할 분들도 함께 했다. 사회적경제와 협동조합

분야에서 쟁쟁한 강사들이 먼 길을 마다 않고 적극적으로 나서줬다. 〈협동조합 참 좋다〉의 저자인 김현대 한겨레신문 대표이사가 '협동조합 이해와 사례'를, 최혁진 전 청와대 사회적경제비서관은 '사회적 경제와 지자체의 역할'을 강의했다. 송경용 한국사회가치연대기금 이사장은 '협동조합으로 일구는 지역재생과 자립'을 다뤘다. 전북 진안군, 경북 문경시 등에서 마을 공동체 사업들을 하는 주민과 공무원도 강사로 참여했다. 모두 '협동과 연대의 경제' 씨앗 뿌리기에 노력을 아끼지 않았다.

교육 만족도는 기대 이상이었다. 참여자들의 만족도 점수는 4개 군 모두에서 평균 85점을 넘었다. "막연했던 협동조합, 사회적 기업에 대해 갈증을 해소한 것 같다"부터 "교육을 받은 뒤 여럿이 모이면 협동조합을 만들자는 소리가 절로 나온다"는 등 긍정적 반응이 많았다. 홍보가 좀 더 적극적이었으면 하는 아쉬움을 담은 지적도 있었다. 현장 탐방과 실습이 이어지길 기대하는 의견이 많았다.

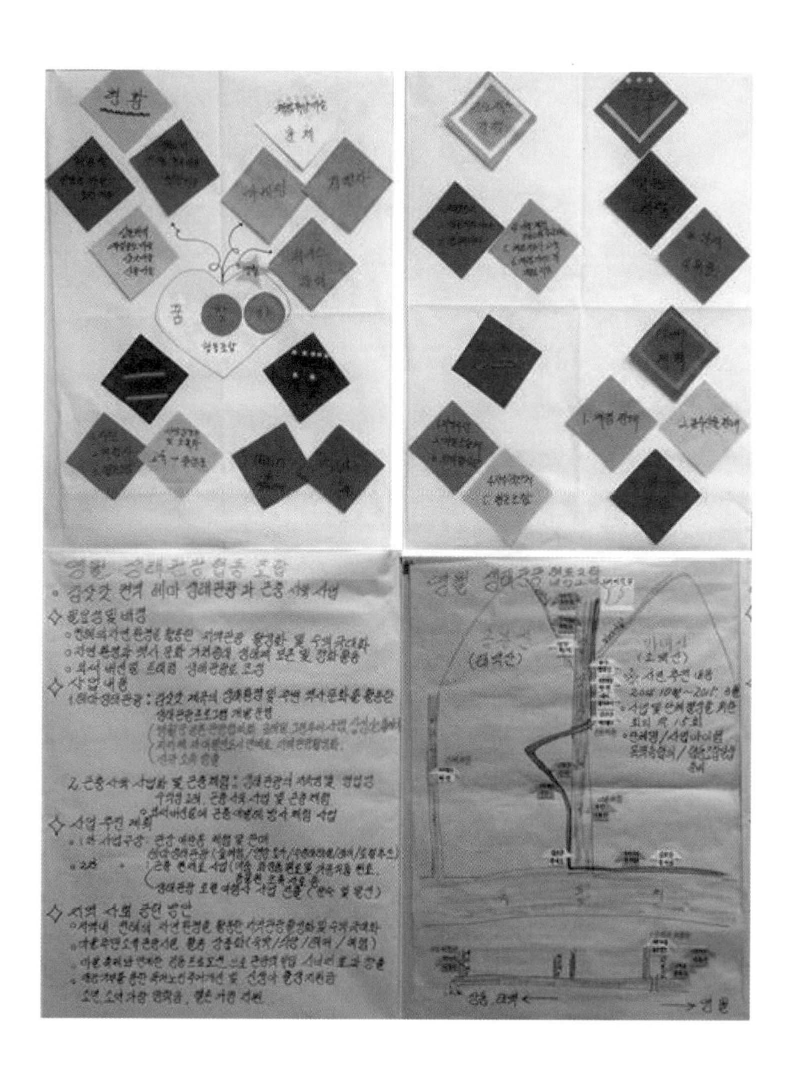

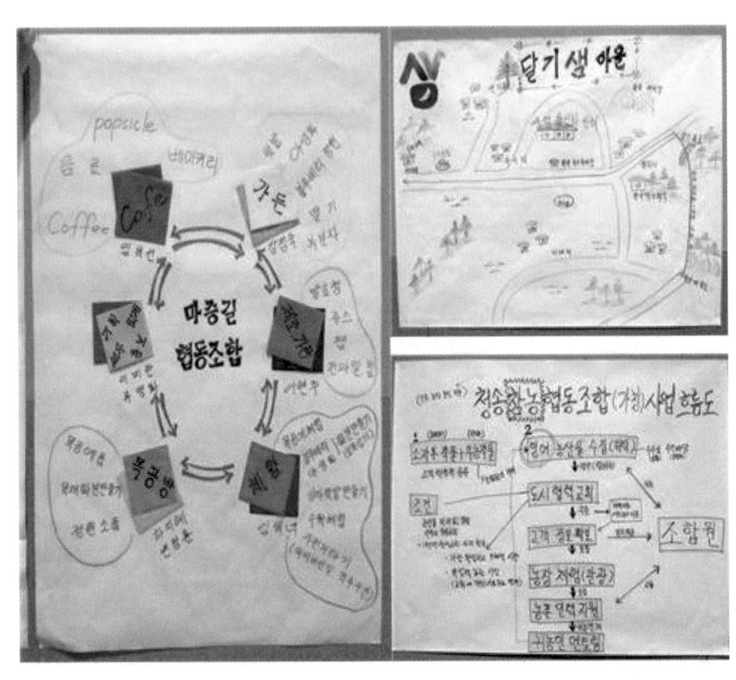
마중길
협동조합
popsicle
Coffee
달기샘 마을
청송참농협동조합(가칭) 사업 흐름도
도시 협력 교회
조합원

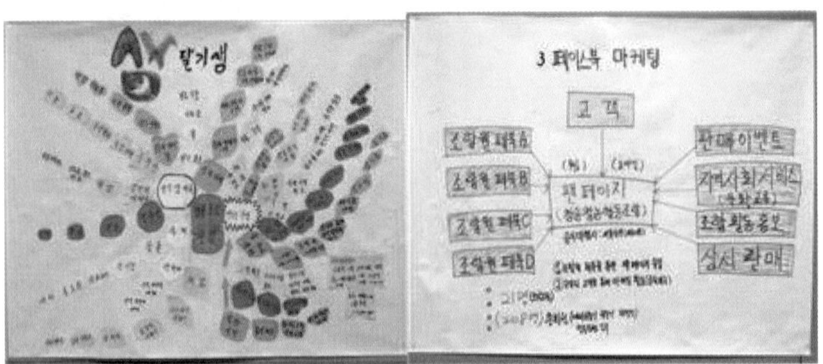
달기샘
고객
판매 이벤트

동행 (영농조합 예비 동아리).

· 복숭아에 대한 아이디어를 가지고 귀농 (약 7年 전)
· 열악한 1차 산업 구조 → 6차 산업화의 계기 필요성.
· S-S 사례 발견 → 농산물 유통 방법 개발의 단초 (가능성).
· 복숭아 수확후 가공제품 개발의 필요성과 노력 → 슬러시 (말랭이) 건조 슬라이스
  ㄴ→ 개인 사업.
· 조합 취지: 개인 사업이 조합원에게 혜택으로
  ㄴ→ 세 사람이 모이다 {김 정윤 - 연구 개발 - 복숭아
  김 대현 - 마케팅 - 사과
  이 정원 - 예비 영농 - 약초 차.
· 6月~7月 → 조합 설립

S-S 과정에서 예비 일원의 밀접한 관계 형성
  ㄴ→ 일반 조합원 매장 발생.
  ㄴ→ 학대추 매장 개설.

· 재무 관리 - 조합 설립시 출자금 → 제품 개발비. 활동비.
  초기 이윤 → 일원의 가공제품 연구 대는 회수이익
(10~11月 제품 개발 완료.) 조합원 분배 최대한 배려
· 정산 확립 시점 - 실수익 금액 발생. 책정
  이윤의 일부 지역 개발 봉사 용도 지출
조합 여타농인의 차이. ← 〃 조합원의 친목 유도에 지출.
  11月 제품 개발 완료 이전까지 디자인 개발. 마케팅 진도 (조 세부) 등
· 관점 1~2年후까지 캠핑장 조성 (숙식 다이닝 농가 방문 프로그램 가까운 바닷가 연계용) 40~50가지 이상의 새로운 (공정에 사진 수확시 체험 가공 방법 시연)
아이템 개발로 구경거리. 먹을거리. 소일거리
재미 충족으로 관광객의 반복 방문, 상시 방문 기반 조성
  숙박 시설 (S.m.S) → 모든 것이 유기적 연계.

결론적으로 각종 아이템 및 조합의 사업이 모두 지역인의 매출로 연계
영향은 전체 지역인 발전의 한 축이 되도록.

교육 참여자들의 의견을 반영해 2014년 봄에는 현장탐방 프로그램을 운영했다. 충남 홍성군과 전북 완주군을 대상지로 정했다. 군별 20~25명이 참여해 앞선 경험을 몸으로 배우는 현장교육을 진행했다. 두 군은 각각의 특징이 있었다. 홍성군은 주민들의 자발적인 노력으로 마을을 만들어가고 있는 곳이었다. 완주군은 주민들의 자발적인 노력과 더불어 기초지자체의 지원이 어우러진 지역이었다.

홍성군에서는 생미 식당, 마을활력소, 마을학교 생협, 밝맑도서관, 느티나무 헌책방, 홍성환경농업 교육관 등을 둘러봤다. 완주군에서는 새참수레, 지역경제순환센터, 건강한 밥상(꾸러미), 거점 가공 센터, 고산시장, 안덕마을, 해피스테이션 등을 두루 살폈다. 협동조합을 꽃피운 지역현장을 만난 참여자들 대부분은 '인상적'이었다고 했다. "짧은 시간 둘러보며 깊이 있게 알기는 어려웠지만, 우리 지역에서도 해볼 만 하다는 생각이 들었다"는 등의 반응이었다.

교육과 현장탐방의 준비를 거쳐 2015년 봄에는 본격적으로 협동조합 인큐베이팅 사업에 들어갔다. 협동조합 설립에 관심 있는 4개 군의 주민들을 위해 사업구상에서 총회, 설립등기까지 지원하는 것으로 촘촘하게 계획을 짰다. 농사일로 바쁜 주민들이 집중해 효과적으로 참여할 수 있게 2박3일의 워크숍 방식으로 진행했다. 사업 계획서 등 문서 작성에 익숙지 않은 주민들을 돕기 위해 농촌과 협동조합에 관심 있는 청년들이 도우미로 참여했다.

주민설명회를 하고 워크숍을 거쳐 1차 심사를 했다. 심사 의견을 반영해 팀별로 학습활동을 했다. 이 과정에서 사업계획을 수정하고 보완했다. 2차 심사를 거쳐 군별 한 곳을 선정해 학습비와 창업비용(250만원)을 지원했다. 참여자 대부분은 낯선 경험에 힘들어하면서도 비교적 끝까지 잘 따라왔다.

지역주민 협력모델의 떡잎은 더디고 느렸지만 서서히 올라왔다. 외씨버선길 협동조합 인큐베이팅 최종 심사에서 4개 군의 협동조합 5곳이 선을 보였다. 협동조합으로 정식 출범한 곳도 있고, 조합원 모으기에 나선 곳도 있었다. 귀농, 귀촌자들과 더불어 기존 주민들도 함께했다. 사업 내용은 체험관광프로그램 운영, 귀농 멘토링, 온·오프라인 지역생산물 공동판매 등이었다. 최종심사 날 청송군의 참농업협동조합이 4개 군 협동조합 연합회를 만들어 앞으로 외씨버선길 사업을 공동으로 추진하자는 의미 있는 제안을 해 박수를 받기도 했다.

그해 여름, 3년의 여정을 마치며 외씨버선길과 주민 협동조합 사업이 잘 이어가길 기대하는 글을 〈한겨레〉에 실었다. '외씨버선길의 느린 경제 실험'이란 제목의 글엔 더 멀리 가기 위해 어렵게 뜻을 모은 지역 주민들이 오래 함께하도록 4개 군의 관심과 협력이 있길 바라는 마음을 담았다.

외씨버선길 사업을 하며 두 번의 해외연수를 함께 했다. 2013년엔 이탈리아의 '농축산업의 협동조합 도시' 모데나, 2015년엔 세계 3대 트레킹 코스(뉴질랜드 밀포트·브라질 잉카 트레일) 하나인 중국 윈난성의 차마고도를 연수단과 둘러봤다. 연수단엔 4개 군의 주민 대표, 공무원, 기초의원 등이 참여했다.

모데나는 농축산 협동조합을 100년 동안 이어오고 있는 점이 인상적이었다. 배·포도 등 과일 농가, 치즈 생산 농가 등이 협동조합을 통해 중간상의 가격 횡포에서 벗어나고, 협동조합의 공동상표로 상품의 부가가치를 더 높여 왔다. "모데나에서는 협동조합원이 아니면 살아남기 힘들다"는 모데나대학의 파올라 베르톨리니 교수의 말이 기억에 남았다.

연수단원들은 지역에 활용할 수 있는 부분이 있는지를 눈여

겨봤다. 대체로 농민들이 스스로 협동조합을 만들어 연대하고, 규모를 키워 중견기업에 버금가게 성장시킨 점을 높이 평가했다. 하지만 모데나와 4개 군이 처한 현실적 여건의 차이가 커 적용이 쉽지 않다는 의견이 많았다.

베르톨리니 교수는 많은 이탈리아 농업협동조합도 초기에는 여러 가지 시행착오를 겪었다는 점을 강조했었다. 땅이 좁은 한국에서도 연대의 가치를 강조하는 지속적인 협동조합 교육으로 얼마든지 좋은 협동조합이 만들어질 수 있을 것이라고 응원해 주던 그의 모습이 지금도 눈에 선하다.

중국의 차마고도에서는 외씨버선길의 미래 모습을 그려봤다. 차마고도는 다채로운 자연 비경으로 세계인의 발길이 이어지는 곳이다. 인류 역사상 가장 오래된 길로 중국의 내륙과 티베트·네팔·인도를 잇는 무역로이기도 했다. '마방'이라 불리는 상인과 그들이 끌고 다니는 말과 야크의 발로 개척된 길이다. 해발 4천미터가 넘는 험준한 산과 아찔한 협곡을 잇는 차마고도는 지역의 어제와 오늘 그리고 내일을 이어가고 있었다. 주변 주민들이 마을사업으로 미니밴 운영과 당나귀 트레킹 체험을 운영하는 것도 인상적이었다.

모데나 & 차마고도 (촬영 이현숙)

차마고도에서 보부상이 오가던 길인 외씨버선길 봉화구간이 떠올랐다. 조선시대 봇짐이나 등짐을 지고 돌아다니며 물건을 팔았던 보부상들은 마을과 마을을 이어줬다. 높고 험한 고갯길을 넘은 그들의 고된 여정이 길에 묻어있다. 작가 김주영은 봉화 구간을 세 번 걷고 소설 〈객주〉를 완성했다고 한다. 차마고도처럼 외씨버선길도 오래 오래 이어져 걷는 이들의 사랑과 주민들이 함께 꾸려가는 곳이 되었으면 좋겠다는 생각이 들었다.

한겨레경제연구소에서 진행한 3년간의 프로그램은 나름의 성과를 내고 마무리되었다. 아쉽게도 주민 협동조합의 떡잎들이 쑥쑥 자라 꽃을 피웠다는 소식은 아직까지 접하지 못했다. 중간 지원조직 등 사회적 경제 생태계가 거의 없는 지역의 여건에서 자생의 어려움은 미뤄 짐작이 간다.

영월의 한 주민이 "앞으로 협동조합을 하든 안하든 간에 의미 있고 소중한 시간이었다. 새로운 길을 만난 느낌이다"라고 했던 말이 늘 귓가에 맴돈다. 그의 말처럼 외씨버선길 주민들에게 협동조합 교육과 인큐베이팅의 과정이 의미 있는 만남이었길 바란다.

올해 우리는 코로나19로 여태껏 한 번도 겪어보지 못했던 전대미문의 경험을 하고 있다. 평범한 일상의 소중함과 자연 환경의 중요성을 새삼 깨달았다. 자신과 가족, 이웃을 돌아보며, 우리가 지켜가야 할 것들에 시선을 두기 시작했다.

외씨버선길은 성찰과 치유의 길이다. 길은 우리 스스로 정화할 수 있는 시간과 공간을 마련해 준다. 고즈넉한 길에서 자신을 만나고, 원래 그대로의 자연을 만날 수 있다. 시간의 향기도 맡을 수 있다. 스페인 순례길 '산티아고'가 아닌 외씨버선길 240km 완주를 꿈꾸는 이들이 더 많아지는 그 날이 머지않길 희망한다.

외씨버선길의 '느린 경제' 실험

싱크탱크 시각

이현숙
한겨레경제사회연구원
사회적경제센터장

2007년 제주 올레길을 시작으로 전국 곳곳에 걷는 길들이 유행처럼 만들어졌다. 걷기여행길 종합안내 누리집을 보면 현재 전국에 걷는 코스는 1600여개에 이른다. 5년 전에 비해 10배 이상 늘어난 수치다. 많은 길들이 생겨난 만큼 이 길들의 지속성에 대한 고민도 커지고 있다. 만들어진 길에 사람들의 발걸음이 이어지기 위해서는 그 길 위에 살고 있는 주체들의 협력이 필요하기 때문이다.

지역주민들이 '느린 경제'의 협동조합이나 사회적기업을 만들어 협력의 모델을 만들어 가는 길도 생겨나고 있다. 특히 지역에 사회적 경제 생태계가 거의 없는 곳에서도 이런 움직임이 일고 있다. 대표적인 곳이 경북 북부와 강원을 잇는 외씨버선길이다. 이 지역에는 이렇다 할 사회적 경제 지원조직이 없는 가운데, 최근 지역주민 협동조합들이 만들어지고 있다.

외씨버선길은 경북 청송에서 시작해 영양, 봉화를 지나 강원 영월을 이어준다. 길 이름은 영양 출신인 조지훈 시인의 '승무'에서 따왔다. 실제 지도에서 4개 군의 길을 이어보면 버선 모양과 닮았다. 외씨버선길은 13개 구간에 전체 240㎞에 이른다. 옛날 보부상들이 다니던 길을 찾아 끊어진 길을 잇고, 사라진 길을 불러내었기에 걷기엔 험한 코스도 더러 있다.

외씨버선길 조성은 2010년 4개 군과 지역민간기관인 경북북부연구원이 함께 협력사업단을 띄우면서 시작됐다. 정부의 지역협력사업 지원금을 적극 활용해, 그간 적잖은 성과를 거뒀다. 방문객도 꾸준히 늘어 해마다 약 60만명이 찾고, 연간 매출은 200억원에 이른다. 외씨버선길 축제도 두 번 열렸다.

하지만 제대로 결실을 맺지 못한 계획들도 있다. 사업단은 길의 지속성을 위해서는 주민들의 적극적인 참여가 있어야 하기에 길 조성은 물론, 길 유지 보수까지 주민들에게 맡겼다. 그리고 이들이 지역 주체를 이끌어내는 데 마중물 역할을 할 것이라 기대했다. 사업단은 지역의 오랜 자원인 전통시장과의 연계도 계획했다. 걷기 여행자들이 마을에 머물고 전통시장을 둘러볼 수 있게 설계한 것이다. 이런 시도들은 아쉽게도 일이년이란 시간적 제약으로 거의 빛을 보지 못했다.

그래서 새로운 실험이 시도됐다. 외씨버선길 사업단은 2013년부터는 주민들이 협동조합에 관심을 갖도록 멍석을 깔았다. 협동조합 교육을 통해 주민들이 협동과 연대에 관심을 갖고, 자치역량을 키워가길 기대했다. 생업에 바쁜 주민들이 교육을 받는 것조차 쉽지 않은데, 협동조합을 만들어 내는 건 훨씬 더 어려운 일이었다. 하지만 주민들은 3년에 걸쳐 틈틈이 교육받고, 현장탐방에도 참여하며 사업단의 노력에 조금씩 함께했다.

더디고 느리지만 외씨버선길에 지역주민 협력모델이 서서히 싹트고 있다. 지난주 화요일 영양군청에서 열린 '외씨버선길 협동조합 인큐베이팅 최종 심사'에서 4개 군의 협동조합 5곳이 선을 보였다. 협동조합으로 정식 출범한 곳도 있고 이제 조합원을 모으고 있는 곳도 있었다. 귀농, 귀촌자들과 더불어 원주민들도 함께했다. 사업 내용은 체험관광프로그램 운영, 귀농 멘토링, 온오프라인 지역생산물 공동판매 등 다양했다. 이날 청송군의 참농업협동조합이 4개 군 협동조합 연합회를 만들어 앞으로 외씨버선길 사업을 공동으로 추진하자는 의미있는 제안을 해 박수를 받았다.

내년부터 외씨버선길 사업은 다시 새로운 출발선에 선다. 사업단 활동이 올해 말로 끝난다. 현재로선 느린 경제의 실험도 오롯이 지역주민들이 이끌어가야 할 가능성이 높아 보인다. 더 멀리 가기 위해 어렵게 뜻을 모은 지역주민들이 오래 함께하도록 4개 군의 관심과 협력이 있길 바란다. hslee@hani.co.kr

영월
봉화
봉화읍
영양읍
영양
청송읍
청송
협동조합과 함께 걷는
외씨버선길
청량한 산길, 성찰과 치유의 길, 협동의 씨앗을 심는
'2013 외씨버선길 협동조합교육'
외씨버선길은 경북 청송, 영양, 봉화군과 강원도 영월군을 잇는 길입니다. 성찰과 치유의 길 위에 지역공동체 활성화에 마중물이 되어 줄 '2013년 외씨버선길 협동조합교육'이 시행됩니다. 관심있는 분들의 많은 참여 바랍니다.
교육내용 협동조합 운영원리 및 설립실무
협동조합으로 일구는 지역재생과 자립
협동조합 유형과 국내외 지역 우수 모델 및 사업계획서 작성안내 등
교육대상자 지방자치단체에서 외씨버선길 업무나 협동조합 업무 담당자 및 관련 공무원
지역의 사회적기업, 마을기업, 전통시장 상인회 간부
공동판매, 공동생산, 공동구매 등을 구상하고 있는 지역 농민, 상인, 사업가 등
외씨버선길이 통과하는 마을에서 협동조합에 관심있는 분
* 영월, 봉화, 영양, 청송 4개 군 지역주민으로 교육대상을 제한합니다.
교육일정 11월 둘째 주~12월 첫째 주
교육장소 영월, 봉화, 영양, 청송
모집인원 각 군별 약 20명
모집기간 10월 15일(화)까지
신청방법 이메일(heri@hani.co.kr)혹은 팩스(02-710-0080)로 접수
문의 02-710-0074, 0081, 054-683-9282
주최 BY2C연계협력사업단(경북북부연구원)
주관 한겨레경제연구소
※ 한겨레경제연구소는 한겨레신문(주)의 부설 연구기관으로 사회적경제, 지속가능경영 등의 분야에서 연구, 컨설팅, 교육 사업을 하고 있습니다. www.heri.kr

외씨버선길과의 남다른 인연

김용문(지식공방하우 공동대표)

2020년 7월 8일 나는 집사람과 함께 집에서 차를 타고 경북북부연구원 외씨버선길 10주년 기념세미나에 참석하기 위해 영양군에 있는 디미방을 찾아갔다. 참으로 오랜만에 다시 찾아간 디미방이다. 기회가 되면 반드시 집사람과 함께 오고 싶다던 약속이 이렇게 이루어졌다. 디미방에 도착하니 정말 오랜만에 뵙는 정겨운 얼굴들이 나와 집사람을 반갑게 맞이해 주었다.

영양군 디미방. '딸들은 베껴는 가도 절대 가지고 가지는 마라.'

재령 이씨 가문 1대 종부 장계향 선생이 남긴 레시피를 바탕으로 조선 사대부가의 종가음식을 재현하는 음식디미방. 350여 년의 시간이 흐르는 사이 소실되거나 분실되지 않고, 석계가문 종부에서 종부에게로 이어져왔다. 나는 디미방에서 집사람과 어만두·이화주 등 조선 양반가 음식 일품을 먹으면서 외씨버선길과 나의 오래된 인연을 떠올려 보았다.

'외씨버선길'하면 나는 우선 나의 아픈 과거가 떠오른다. 나는 참여정부 시절 국가균형발전위원회 국장을 역임하다 이명박정부가 들어오기 직전 2008년 12월부터 농어촌공사에서 농촌활력사업본부장을 하고 있었다. 낙후시군의 특화 및 활력증진을 지원하는 신활력사업을 발굴 • 지원하는 업무를 주로 하고 있었다. 그러나 정권이 바뀌고 그해 연말이 되자 임기가 보장된 자리임에도 사전에 아무런 고지도 없이 구두로 해고 통보가 전달되었다. 농어촌공사가 경기도 의왕시 인덕원역 근처에 있어서 당시에 서울 목동에 거주하던 나는 출퇴근이 너무 힘들었고 이를 안타까워하던 집사람이 집을 인덕원으로 옮긴 지 얼마 되지 않은 시점이었다. 참으로 난감하고, 화가 나고 어처구니가 없는 상황이었다.

이런 상황에서 어느 날 외씨버선길 사업을 하던 권오상교수가 연락을 해왔다. 아마 기억은 희미하지만 외씨버선길 연계협력사업 선정 및 사업 착수를 기념하여 외씨버선길 탐방 투어를 하자는 제의였던 것 같다. 외씨버선길이 왜 명상과 치유의 길이 될 수밖에 없는지 나는 걸으면서 체험하게 되었다. 인생을 살아가다 보면 많은 어려움과 난관에 부딪쳐서 힘들어하고 고통스러워 한다. 이럴 때 나만의 시간과 공간이 필요하고 나를 위한 명상과 치유의 시간과 공간이 필요하다.

당시 나는 외씨버선길을 걸으면서 '아! 이 길은…'하는 느낌을 가졌다. 길은 시대와 상황에 따라 달라질 수밖에 없다. 고도성장기에는 경부고속도로를 비롯한 가능한 한 빠르고 신속하게 갈 수 있는 길이 필요하고 인생이 굴곡지고 힘든 시기에는 아무런 연락과 인연으로부터 단절된 나만의 길이 필요한 때도 있기 마련이다. 나는 외씨버선길을 걸으면서 '이 길은 이 시대가 원하는 길이구나. 나와도 소중한 인연의 길이구나' 라고 생각하면서 걷고 또 걸었다.

지금 우리는 코로나시대라는 전대미문의 어려운 시기를 맞고 있다. 많은 사람들이 어려워하고 힘들어 할 것이다. 외씨버선길이 나에게 소중한 길이었듯이 어려운 주위 사람에게 또 다시

치유와 새로운 활력의 계기가 될 수 있는 길이 될 것이라는 생각이 많아지는 시절이다.

외씨버선길 조성과정에 담긴 나의 기억

이렇게 시작된 나와 외씨버선길과의 인연은 이후 계속 이어졌다. 나는 당시 지역사업을 위한 컨설팅 회사를 설립・운영하고 있었다. 지역의 변화와 혁신에 나의 경험을 살리고 싶었다. 이 회사를 통해 외씨버선길 조성사업 중 하나로 스토리텔링 사업을 맡게 되었다.

외씨버선길은 조지훈의 승무의 외씨버선 시구에서 작명되었듯이 참 아름다운 이름을 가진 길이며 길 곳곳에 고택 등 많은 문화유산과 자연 자산을 가지고 있는 길이다. 전체 13개구간 240킬로미터의 수려한 자연환경 및 청정 어메니티를 보유한 길이며, 31번 국도를 중심으로 한 봉화, 영양, 영월, 청송 등 여러 시군이 어우러져 있는 연계성의 길이며, 한국의 낙후성을 극복할 대안적 길이다.

1단계 외씨버선 4색길 조성사업은 특색 있는 외씨버선길을 조성하고 이를 통한 지역경쟁력 강화 및 지역경제 활성화를 목표로 했으며, 2단계 외씨버선길 지역공동체 활성화사업은 조성된 외씨버선길을 중심으로 지역공동체를 조직화하여 지역경제 활성화 및 자생적 발전역량 축적을 목표로 하는 사업이다. 외씨버선길 스토리텔링작업은 ①봉화, 영양, 영월, 청송 4개군에 조성되는 4개 루트에 대한 스토리라인 작업 ②위 4개군에 조성되는 4개 루트에 대한 스토리라인에 기반한 이야기 구성 ③위 4개군에 조성되는 4개 루트에 기반한 지역, 문화, 역사, 환경적 특성을 정리하는 작업으로 진행되었다.

이를 위해 봉화, 영양, 영월, 청송 4개 군에 걸쳐 조성되는 길들의 지역, 문화, 역사, 환경적 특성을 발굴·가공하여 '이야기'를 구성함으로써 외씨버선길에 대한 인지도와 호감도를 높이고 이를 홍보 및 마케팅의 기초 자료로 활용하도록 하였다. 4개군의 각종 문화재 보유 현황은 총 216건이며 경북 3개 군은 각 1개소의 자연휴양림을 운영하고 있어 이러한 문화관광 자원을 스토리텔링 구성에 주요한 포인트로 활용하려고 하였다. 대상 지역은 교통이 불편하고 산림지역이 대부분의 면적을 차지하고 있는 고지대로서 개발되지 않은 자연을 보유한, 우리나라에서도 대표적인 오지라는 이미지를 갖고 있으므로 스토리텔링에 이 지역의 청정 농산물을 친환경 웰빙 이미지로 고급화하여 관광 상품으로 소개하는 내용도 담으려고 노력하였다.

외씨버선길 스토리텔링 작업 중 가장 기억에 많이 남는 것은 한옥의 원형이 보존되어 있는 고택들이 많다는 점이었다. 청송 파천면 덕천리에는 송소고택, 송정고택, 청송 초전댁, 창실댁, 찰방공파 종택 등이 있고 인근 중평리에도 서벽고택, 사남고택, 평산신씨 판사공파 종택 등의 고택이 아직 남아있다. 봉화 외씨버선길의 시작지점인 춘양면 의양리에도 만산고택과 권진사댁이 있으며, 청송의 청운 성천댁, 영양의 한양조씨종택, 옥천종택, 월잠고택, 석계고택, 오류정종택, 원리주곡고택 등 많은 한옥 고택들을 외씨버선길 도보여행에서 만나볼 수 있다는 점이다.

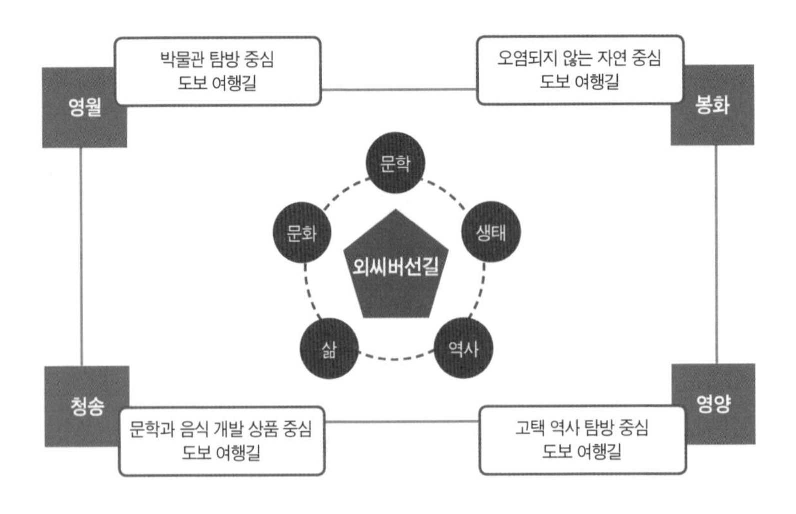

외씨버선길의 향후 10년에 바라는 점

경북북부연구원 외씨버선길 10주년 기념세미나에서 산업연구원의 송우경박사는 정부의 균형발전정책과 영양군의 대응방향, 허영숙 대표는 고객데이터를 활용한 외씨버선길 고도화를 마지막으로 권오상교수의 외씨버선길 10년과 발전방안을 발표했다. 나는 이 토론회에 토론자로 참석하면서 외씨버선길의 향후 그림을 고민해 보았다.

나는 올해 초부터 전남 완도군과 해양치유사업과 연계한 마을기업 설립 일을 도와주고 있다. 외씨버선길이 산림치유의 길이라면 완도의 명사십리길은 해양치유의 길이라 할 수 있다.

외씨버선길의 2단계 발전과 고도화를 위해서는 전략적으로 데이터를 활용한 방안을 고민하는 것이 좋을 것 같다는 생각을 해본다. 최근 한국판 뉴딜을 논의하면서, 그 주축인 '디지털 뉴딜'에 대해 전문가들은 디지털 뉴딜은 앞으로 디지털 경제의 기반이 되는 데이터 활용을 최대한 활성화 하기 위한 이른바 '데이터 댐(Data Dam)'을 만드는 것이라고 들 한다. 데이터를 수집해 이를 다용도로 활용한다면 관련 산업이 생성되면서 한국판 뉴딜의 핵심인 '일자리 창출'이 가능해진다는 것이다. 외씨버선길의 데이터를 활용한 고도화 방안, 찾아오는 방문객의 설문데이터를 활용한 고도화 방안도 대단히 유용하고 필요한 작업이라고 생각한다.

그러나 나는 다른 각도에서의 빅데이터의 활용과 고도화 방안을 고민해 보는 것은 어떨까 한다. 외씨버선길의 자연환경과 주변여건이 찾아오는 방문객들에게 어떤 영향과 긍정적 효과를 나타내는지 데이터를 축적하고 활용해보는 것은 어떨까? 산림과 외씨버선길의 주변 환경이 개량적으로 어떤 치유효과가 있는지 알아보고 활용해보는 것은 어떤가 싶다.

완도의 해양치유의 경우 우선 기상청과 공동으로 완도 명사십리 일대의 기상 기후조건을 아주 상세 정보로 데이터화하고 있다. 그에 따라 연간 이 일대의 기상 기후 정보를 실시간으로 정보화하여 이것이 내방객들의 건강과 보건에 미치는 영향을 정보화한다. 또한 고려대 의대와 함께 유방암 환자 중 치료가 끝난 환자의 후기 재활 방안으로 3개월 내지 6개월간의 해양치유 활동을 통해 그 경과와 효과를 데이터 정보화한다. 나아가 건강한 내방객을 중심으로 명사십리를 통한 해양치유 효과를 설문을 통해 주기적으로 데이터화한다. 뿐만 아니라 이곳에서 나는 자연

해산물의 섭취를 데이터화한다. 이것들을 종합화하여 해양치유가 방문객의 성향 차이에 미치는 영향과 효과를 분석하고 활용한다.

이러한 해양치유의 빅데이터화 작업은 외씨버선길의 데이터 고도화에도 적극 활용 가능하다고 생각된다. 외씨버선길의 산림치유의 구체적인 데이터 작업 그리고 외씨버선길에 있는 각종 고택체험을 비롯한 문화 자산의 갖는 효과 등 외씨버선길이 가지고 있는 데이터 자산을 활용한 방안을 찾아보는 것도 좋을 듯하다.

외씨버선길은 한 시군의 사업이 아니라 여러 시군 나아가 경북과 강원도가 같이 하는 사업이기 때문에 이러한 빅데이터를 활용한 사업이 보다 더 유용하고 의미가 있는 작업될 것이라 생각된다.

J 중앙일보

입력 2013.12.13 00:05 / 수정 2013.12.13 00:05

인쇄하기 × 취소

조지훈 문향 따라 한발 한발, 번뇌는 별빛이라 …

그 길 속 그 이야기 (44) 경북 경북 영양 외씨버선길

일월산 자생화공원 옆 고추밭 한가운데 오도카니 서 있는 석탑 하나.
이 터가 예전에 큰 절이 있었다는 사실을 외로운 석탑이 묵묵히 알려준다.

외씨버선길 10년

김순주(전 외씨버선길 탐사팀장)

외씨버선길과의 인연

경북학생문화회관에서 인공암벽장이 생기면서 그 곳에서 학생들에게 암벽을 지도하는 암벽강사로 활동 한 지 얼마 되지 않은 때 대한산악연맹에서부터 인연이 있는 경미언니 한테 전화가 왔다.

BY2C연계협력사업단에서 길 만드는 사업을 하는데 사업단 사무실이 경북 영양에 있다고 하면서 면접을 보라고 했다. 대한산악연맹 이인정 전회장님께서 외씨버선길 조성사업에 탐사팀장으로 나를 추천하셨다고 했다.

면접을 보러 포항에서 영양으로 차를 타고 가면서 등산을 좋아하지만 등산과는 조금 다른, 걷는 길을 만드는 일을 잘 할 수 있을까하는 생각을 하면서 사무실에 도착, 권오상 원장님을 비롯 여러분이 계셨고 면접을 보면서 외씨버선길 사업과 탐사팀이 해야 하는 일을 설명해주셨다.

길 이름은 외씨버선길이며 31번 국도를 중심으로 청송, 영양, 봉화, 영월 4개지역의 핵심자원을 연결하고 걷는 길을 통해 4개군의 문화와 관광 상품을 알릴 수 있는 의미가 있는 일이라고 했다.

사업단에는 5개팀이 있고 모두 자기분야에서 능력 있고 좋은 분들과 함께 하는 일이라 면접을 보고 사업에 참여하자고 제안해주셔서 참여하게 되었다. 직책은 지역특성에 맞은 외씨버선길 개발 및 마을연결 나들이길 개발을 주 업무로 하는 탐사팀장이라고 하였다.

한편으로 탐사팀장이라는 직책을 잘 할 수 있을까 고민도 했지만 대학 때부터 산악부활동을 하면서 주말이면 매주 산행을 하고 졸업하고는 해외원정을 다닌 경험이 있고 활동적이라 나름 의미도 있고 멋진 일인 것 같았고 혼자 하는 것이 아니라 사업단의 팀이 함께 하는 것이라 용기가 났다. 20대부터 열심히 산에 다닌 인연으로 나는 외씨버선길 사업단 탐사팀장으로 참여하게 된 것이다.

외씨버선길 조성과정에 담긴 나의 기억

외씨버선길 사업단에서 내가 맡은 탐사팀은 청송, 영양, 봉화, 영월을 이어주는 걷는 길을 찾아서 조성하는 일이었다.

외씨버선길의 기본원칙인 4개 지역의 연계성을 확보하고 지역주민의견을 반영, 포장된 도로보다 주민들이 다닌 옛길, 길 조성 시 지역주민참여, 친환경적으로 길 조성, 지역의 문화, 문화제 연계를 중심으로 4개군이 가지고 있는 기존 있는 길들을 조사하고 그 길들을 활용하여 마을과 마을을 연결하는 옛길을 찾아서 해당 군 담당자와 의논하고 후보 길에 있는 마을의 주민설명회를 거쳐 길을 찾아가기 시작했다.

한 구간을 정할 때 구간 길이가 너무 길지 않게 하고 하루 동안 천천히 걸으면서 길이 가지고 있는 마을문화를 체험하고

도시에서 느껴보지 못한 청정 지역의 아름다움을 경험했으면 했다.

외씨버선길
영월객주
외씨버선길
영월객주

관광안내소
버스승강장
청송군관광안내소
외씨버선길

그리고 길 조성사업에 구간별 해당마을 주민을 참여시킴으로 마을주민과 함께 만드는 외씨버선길을 만들고자 했다. 길을 조성하면서 최대한 자연을 헤손 시키지 않고 길을 연결하는데 초점을 두었다.

주민들과 풀이 무성하고 이제는 흔적도 희미한 옛길을 포크레인이나 기계를 사용하지 않고 마을주민들이 그 옛날 길 작업을 한 경험을 바탕으로 톱과 낫을 이용해 풀을 베고 괭이를 이용해 길을 확보하고 돌들을 쌓아 무너짐을 방지하고 나무를 이용해서 다리를 만들고 이런 길들이 어우러진 길들을 만들어 나갔다.

주민들의 힘으로 만들어지는 외씨버선길을 보면서 한 사람 한 사람의 힘이 모이면 얼마나 대단해 지는지를 느낄 수 있었다. 다시 한 번 외씨버선길 조성사업에 참여한 모든 주민들께 감사의 마음을 전한다.

둘째길 청송 슬로시티길 조성 시 제일 기억에 남는 것은 파천마을 용전천에 징검다리를 놓은 것이었다. 용전천은 평상시에는 물이 많지 않아 징검다리가 떠내려 갈 염려가 없지만 비가 많이 오면 잠기면서 물살에 떠내려 갈 수 있기 때문이다.

징검다리 놓는 작업을 하면서도 배운 것이 있다. 네모난 큰 돌을 강바닥에 그냥 놓는 것이 아니라 약간 돌려서 모서리가 물살을 견디도록 하는 것이다. 그래야 흐르는 물 마찰이 적어 오랜 시간 떠내려가지 않고 견딜 수 있다고 했다.

치유의 길을 조성할 때 계곡을 건너는 다리를 주민들의 아이디어로 긴 통나무를 엮어서 튼튼하게 만들었는데 통나무다리는 자연과 너무나도 잘 어울리는 다리였다.

김삿갓면 주민들이 만든 김삿갓 계곡 따라 조성된 계곡옆길은 주민들이 손수 만든 멋진 길이다. 때로는 연결할 길을 찾아 길을 나설 때면 나무숲이 울창을 산길 나무숲을 헤쳐 나가기도 하고 산길을 가다 멧돼지를 만나기고 했다. 또 사람이 다니지 않아 태초의 신비가 살아있는 자연이 살아있는 청정지역을 지날 때면 자연의 위대함에 고개가 숙여졌다.

길을 조성하기 전 마을을 찾아 이장님을 만나 마을에 대해서 이야기를 듣고 마을의 소중한 문화를 둘러보고 마을과 마을을 연결하는 길들을 찾아 헤매는 시간이 지금 돌이켜 보면 너무나도 소중한 시간이었다.

1차년도

고택과 징검다리가 있는 청송 슬로시티길, 아름다운 숲길이 있는 영양치유의 길, 춘양목과 과수원을 따라 걷는 봉화의 춘양 솔향기길. 김삿갓문학관과 김삿갓계곡을 따라 걷는 영월의 김삿갓 문학길을 시작했다.

2차년도

옛길과 산길을 찾아 만든 청송 김주영객주길, 감천마을이 있는 영양 오일도시인의 길과 영양전통시장을 지나는 조지훈 문학길 , 오전약수탕이 있는 봉화의 약수탕길, 산행길인 봉화와 영월을 잇는 마루금길을 개척했다.

3차년도

주왕산국립공원을 시작으로 달기약수탕이 있는 청송 달기약수탕길, 두들마을과 음식디미방이 있는 영양 장계향디미방길, 분천역이 있는 봉화의 보부상길, 영월의 관풍헌가는길 어느 한 구간 소중한 추억과 의미 없는 구간이 없다.

외씨버선길은 작게는 마을과 마을을 연결하면서 군과 군을 연결하고 나아가서는 강원도와 경상도를 연결하는 길이다. 외씨버선길을 걷다보면 아름다운 숲길도 만나고, 계곡길, 과수원길 때로는 아스팔트 포장길도 만난다. 외씨버선길은 마을과 마을을 연결하면서 만들었기에 걷는 길은 숲길이 좋지만 마을주민들이 생활하기 위해서는 길을 포장할 수밖에 없기 때문이다.

특색있는 다양한 길을 걸어면서 나 자신을 돌아보게 되고 길을 걷다보면 길은 우리 삶과 닮아있다는 것을 배울 것이다. 주변의 아름다운 풍경을 감상하면서 걷고 문득 고개를 들어 청정한 하늘을 바라본다면 걷고 있는 지금 이 순간 나 자신이 얼마나 행복한가를 느낄 것 이라 생각한다.

외씨버선길 탐사팀장을 하면서 사업단에서의 나의 역할과 다른 팀과의 조화를 배웠고 길 탐사뿐만 아니라 실시설계와 시공하는 것을 하면서 여러 다양한 경험을 하고 배운 값진 시간들이었다.

외씨버선길의 향후 10년에 바라는 점

외씨버선길 사업을 하면서 만났던 모든 인연에 감사한다. 사업단의 권오상 원장님과 김성진 부단장님 신승호기획팀장, 권영직사무국장, 류지웅님은 너무나도 소중한 인연이었다. 그리고 4개 군청의 외씨버선길 담당자분들께도 감사의 마음 가득하다.

이제는 떠나와 있지만 외씨버선길속 살고 있는 모든 주민 분들도 너무 감사하다. 많은 사람들이 함께해서 언제나 즐겁고 행복했고 어느덧 10년을 맞이한 외씨버선길을 보면서 외씨버선길에 바라는 것이 있다면 이 길이 지금처럼 잊혀 지지 않고 계속 이어져 나아가 삶에 지친 모든 이에게 용기를 주는 길이 되었으면 하는 소망이 있다.

외씨버선길을 중심으로 길을 걷다 문화를 만나고 음식을 먹고 그 속에 사는 사람들과 그들의 생활을 보면서 외씨버선길 한 구간이라도 걷다보면 나 자신이 더 풍성해지고 더 가치 있는 길이 되었으면 한다. 주왕산국립공원을 출발하여 관풍헌까지 10년이 지나 그 시간을 돌아보면 한 구간 한 구간 의미 없는 곳이 없다.

무엇보다도 길을 탐사하면서 행복했던 것은 언제나 길속에는 마을이 있고 마을 속에는 사람이 있다는 것이다. 사람이 있어

정이 있고 그래서 길을 걷는 마음은 더욱 풍성해지고 행복해지는 것 같다.

외씨버선길을 통해 많은 분들을 만났고 모든 분들과 함께 해서 너무나도 행복하고 소중한 시간이었다. 10년 이라는 세월 외씨버선길이 계속 이어져 오는 것에 너무 감사하고 지금까지 외씨버선길이 걸어온 것 처럼 앞으로 10년 사뿐사뿐 빠져드는 4색매력의 외씨버선길이 더 많은 사람이 찾는 길이 되기를 바랍니다.

아름다운 추억을 만들어준 외씨버선길*

이근미(소설가)

어릴 적부터 멀미가 심해 여행은 꿈도 못 꾸고 자랐다. 문을 꼭 닫은 버스나 기차에 올라 탁한 공기를 마시는 순간 속이 울렁거리니 울산에서 부산 가는 것도 큰 용기를 내야 했다. 대학에 진학하면서부터 스스로 생존 훈련을 시작했다. 서울까지 5시간 동안 버스에서 견디는 방법은 전날 저녁부터 음식을 섭취하지 않는 것이었다.

4년간 울산과 서울을 오가며 고군분투하는 동안 웬만큼 멀미를 극복했지만 여행기피증까지 날려 버리지는 못했다. 기자로

* 이근미작가의 글에 나오는 사진들은 본문에서 언급된 외씨버선길 엽서들입니다.

일하면서 지방취재를 갈 때만 겨우 길을 나서다보니 제주도조차 도 일과 관련하여 단 두 차례 다녀온 게 고작이다. 2001년 취재차 부득이 미국 LA를 방문한 게 첫 해외여행이었고 이후 몇 차례 비행기에 오른 것도 모두 일 때문이었다.

2010년 말 외씨버선길 지역의 주민역량교육을 맡지 않았다면 아름다운 마을들을 영영 모르고 살 뻔했다. 겨울이 막 시작되던 계절, 밤늦게 강원도 영월에 도착했다. 사방이 깜깜한 가운데 모텔에 투숙하여 아침을 맞았고, 창문을 여는 순간 신세계가 펼쳐졌다. 유유히 흐르는 강물 뒤로 결코 낮지 않은 산맥이 이어지고 있었던 것이다. 빌딩숲에 갇혀 살던 나의 눈앞에 펼쳐진 그림 같은 광경을 한동안 넋 놓고 바라봤다.

첫날 오전, 강의를 마치고 회관에 오신 분들과 맛난 음식을 먹으며 즐겁게 담소를 나누었다. 오후 강의까지 남는 시간을 숙소로 돌아가 보내려는데 택시가 다니지 않는다고 하여 놀랐던 기억이 난다.

경북 봉화에서는 꽤 번화가에 위치한 교육장에서 강의를 하고 주민들과 유쾌한 대화를 나누었다. 영월과 봉화에서 만난 분들이 내 고장을 사랑하고 마을을 위해 헌신하려는 귀한 마음을 가진 것에 감동했다. 영양으로 이동하려는데 동물 전염병이 퍼져서 외부인 출입금지 조치가 내려졌다고 했다. 서울로 돌아오면서 그제야 내가 농촌지역을 다녀왔구나, 자각했을 정도로 사람들이나 모든 시설이 도시와 별반 차이 나지 않는다는 걸 깨달았다.

얼마 후 경북북부연구원에서 영월-영양-봉화-청송을 알릴 스토리북을 써달라는 의뢰를 해왔다. 그래서 각각의 마을을 지면으로나마 두루두루 살펴보며 소설 형식의 스토리북을 만들었다.

영월은 텍스타일 디자이너 은수가 김삿갓 마을, 장릉의 단종 역사관, 강원도 문화재로 지정된 조견당, 다양한 박물관 등을 돌면서 창작의 혼을 일깨우는 내용을 담았다.

문향의 고장 영양은 문학청년 민우를 화자로 삼았다. 선바위 관광지, 산촌생활박물관, 국보 봉감모전 오층석탑을 비롯한 영양의 문화유산을 돌아보고 오일도 생가, 조지훈 생가, 두들마을까지 두루 돌며 문학적 기운을 흠뻑 받는 내용이다.

봉화편은 격무에 시달리는 회사원 봉이가 특별휴가를 받아 찾는 형식이다. 만산고택에 머물면서 인근의 불교문화 유산을 둘러보고 억지춘양 5일장, 춘양목 산림체험관, 야생화 가득한 한방생태식물원, 이몽룡 생가 계서당, 닭실마을, 워낭소리 촬영지, 바래미 전통마을, 국내 최대·최고 현수교량 하늘다리까지 두루두루 소개했다.

도시생활에 찌들어 피부병을 달고 사는 청아는 소녀시절을 보낸 청송을 찾는다. 정갈한 한옥의 사랑방에 머물며 첫사랑 오빠와 함께 갔던 신성계곡 강변길, 주산지, 얼음골, 청송항일의병기념공원, 주왕산을 회상한다. 한티재의 아름다운 오솔길을 산책하고 옹기전, 한지공장, 진보장터, 김주영 작가의 생가, 신비로운 송소고택까지 두루두루 돌아보는 추억 여행 얘기다.

스토리북을 쓰면서 머릿속으로 상상만 하던 곳을 실제로 가볼 기회가 있었다. 2011년 4월에 외씨버선길 팸투어가 열렸는데 전국 각지에서 많은 사람이 참여했다. 나도 여성동아문우회와 수필가협회 회원 20여명과 함께 했다. 서울에서 출발하여 봉화 만산고택에 도착했을 때의 감격을 잊을 수가 없다. 고풍스러우면서도 아늑한 한옥을 돌아보며 내내 탄성을 질렀던 기억이 생생하다. 함께 간 후배는 눈이 건조해서 인공눈물을 수시로 넣어야 하는데 빼놓고 왔다며 한 걱정이었다. 그러더니 다음날 새벽 댓바람부터 눈이 마르지 않았다며 한옥 예찬을 했다.

고즈넉한 외씨버선길에 자리 잡은 담배 찌던 곳을 구경하며 춘양목 단지로 올라가 쭉쭉 뻗은 나무를 보는 것만으로도 즐거웠다. 국가의 보호를 받는 잘난 춘양목들을 목이 아프게 올려다보며 흠뻑 마셨던 피톤치트가 그립다.

영양 조지훈 생가에 갔을 때 함께 간 작가들 모두 청록파 시인의 문학적 정취에 한껏 취했다. 문필봉의 기 덕분에 영양에 문필가가 많다는 말에 조지훈 생가와 마주한 작은 봉우리를 오래 오래 바라봤다.

영양 대티골 숲길 걷기는 지금도 기억이 선명할 정도로 기분 좋은 산행이었다. 푹신푹신한 낙엽을 밟으며 산길을 걷는 기분은 청아하고 각별했다. 하산할 때 이용한 경사진 오솔길과 산 아래 아름다운 집들도 어제 본 듯 또렷하게 떠오른다.

팸투어를 마치고 돌아오는 버스 안에서 청송-영양-봉화-영월을 잇는 외씨버선길 예찬이 끊이지 않았다. 모두들 경부고속도로에서 한 발짝만 안으로 들어가면 전혀 다른 길이 펼쳐진다는 게 믿어지지 않는다고 했다. 함께 간 작가들이 팸투어하며 느낀 점을 갈무리하여 블로그에 소개하고, 수필과 칼럼에 담아 여기저기 발표했다.

2013년 11월과 12월에는 외씨버선길 지역을 방문하여 포토에세이 강의를 했다. 외씨버선길이 거의 완성단계에 오면서 외지인들이 찾기 시작할 때쯤이었다. 한 번 가면 1박2일, 혹은 2박3일간 머물렀는데 주민들의 따뜻한 환대가 지금도 마음이 오롯이 남아 있다. 시골 어르신들을 만날 기회가 거의 없었는데 원없이 얘기도 나누고 생활도 들여다본 좋은 시간이었다.

돋보기 쓰고 한글공부 하는 맛 아시니껴?
전깃불 밝힌 방안이지만 형설지공 못지 않은 노력을 기울이고 있니더.

IT강국답게 대부분의 어르신이 휴대전화를 갖고 계셔 포토에세이 강의가 가능했다. 영월 각동마을에서도 강의와 함께 실습시간을 가졌는데 아이들이 활짝 웃는 사진을 찍어보시라고 했더니 "우리 마을에는 아이가 없다"고 하여 새삼 놀랐던 기억이 난다.

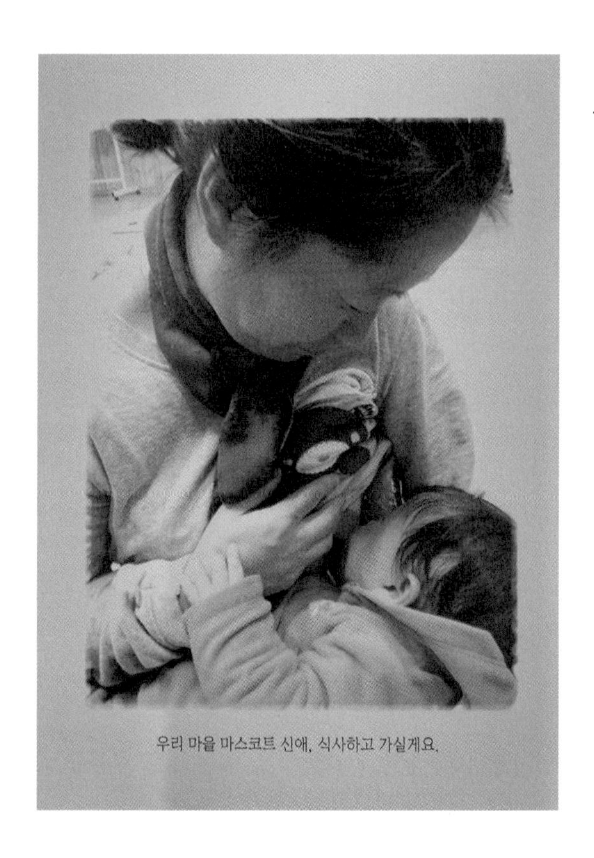

우리 마을 마스코트 신애, 식사하고 가실게요.

네 군데 마을에서 사진을 찍고, 사진에 대한 짧은 글을 쓰며 즐거운 시간을 함께 했다. 서울로 돌아와 다 마무리된 줄 알았는데 일이 점점 커지고 있었다. 실습을 위해 찍은 주민들의 사진이 너무 재미있고 생생하여 사진전시회를 열기로 한 것이다.

2014년 1월 9일부터 3일간 서울 메트로전시관(3호선 경복궁 역 내)에서 전시회가 열렸다. 외씨버선길 어르신들의 사진과 일반 사진가들이 외씨버선길에서 찍은 사진을 함께 전시하여 관람

객들의 호응을 얻었다. 1월 9일 전시회 오픈식에 영월 각동마을 어르신들이 참석하여 반갑게 인사하고 식사를 함께 했던 기억이 난다.

어르신들이 찍은 사진으로 도록도 만들고 엽서도 제작하여 관람객들에게 판매했다. 짧은 기간에 포토에세이 강의가 사진전시회까지 이어지는 걸 보며 경북북부연구원과 한국생산성본부 실무자들의 추진력에 놀라움을 감추지 못했다.

2014년 10월에 열린 걷기 축제에도 참여하고, 내가 객원기자로 일하는 월간조선에 영양 두들마을을 소개하느라 자주 외씨버

선길 마을을 오갔다. 그즈음 외씨버선길 2기 자문위원에 위촉되어 회의와 행사 참여 차 몇 차례 봉화를 방문하기도 했다.

헤어보니 6년 정도 영월, 영양, 봉화, 청송을 드나들었다. 두근거리는 마음으로 그곳에 가면 언제나 아름다운 자연과 즐거운 일들이 나를 맞아주었다. 무엇보다도 현지에서 바로 채취한 싱싱한 식재료로 만든 맛있고 풍성한 음식을 맛보는 행복함이 있었다.

외씨버선길 지역을 방문하고 돌아오면 늘 후유증에 시달렸다. 서울 초입부터 차가 막히는 데다 빈공간이라곤 찾아볼 수 없

는 빽빽한 도심과 탁한 공기로 인해 숨이 턱턱 막혔기 때문이다. 공기 맑고, 인구밀도 낮고, 먹거리 풍부하고, 아름답기 그지없는 그곳이 신기루처럼 느껴지기도 했다. 외씨버선길 지역에 사는 분들은 자신들이 얼마나 아름다운 자연을 누리는지, 얼마나 건강한 환경에 둘러싸여 있는지, 부디 아시면 좋겠다.

일과 연관되어야만 움직이는 습성대로 여전히 여행을 기피하며 지내는 중이다. 외씨버선길 지역을 가고 싶은 열망이 늘 있었던지라 2015년 한국장학재단 멘토로 활동할 때 '멘티와 함께하는 여름 여행지'로 망설임 없이 영월을 택했다. 동강에서 래프팅도 하고 맛있는 음식도 먹으며 함께 간 멘티들에게 외씨버선길을 자랑했다.

남들이 여행에 대해 떠들 때 대개 입을 다물고 있었던 내가 이제는 슬쩍 끼어들어 외씨버선길을 들이민다. 그럴 때마다 느끼는 건 사람들이 외씨버선길을 잘 모른다는 사실이다. 서울 지하철 역내에 영월, 영양, 봉화, 청송을 각각 알리는 광고판은 보이는데 네 지역을 묶어 외씨버선길을 소개하는 광고판은 본 기억이 없다. 외씨버선길을 한 그림에 담아 그곳이 얼마나 아름다운지, 그곳 음식이 얼마나 맛있는지, 자연이 얼마나 잘 보존되어 있는지, 널리 알려 많은 사람이 '외씨버선길 종주 도원결의'를 했으면 좋겠다.

고향처럼 되돌아보며 추억을 떠올릴 곳이 생겼다는 것만 해도 나에게 외씨버선길은 고마운 존재다. 더 많은 사람이 외씨버선길을 걸으며 아름다운 자연과 맛있는 음식, 특산품과 유서 깊은 장소에 매료되길 기원한다.

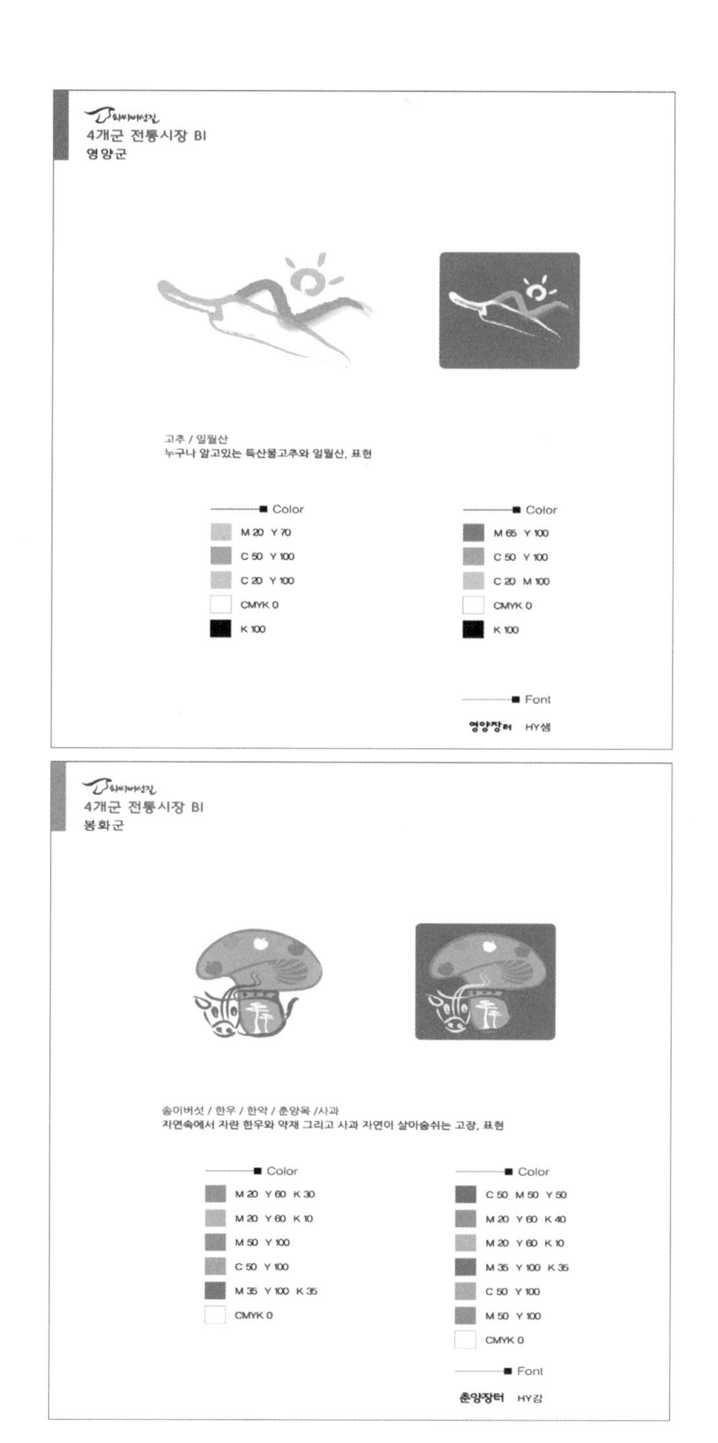

4개군 전통시장 BI
영양군
고추 / 일월산
누구나 알고있는 특산물고추와 일월산, 표현
Color
M 20 Y 70
C 50 Y 100
C 20 Y 100
CMYK 0
K 100
Color
M 65 Y 100
C 50 Y 100
C 20 M 100
CMYK 0
K 100
Font
영양장터 HY샘
4개군 전통시장 BI
봉화군
송이버섯 / 한우 / 한약 / 춘양목 /사과
자연속에서 자란 한우와 약재 그리고 사과 자연이 살아숨쉬는 고장, 표현
Color
M 20 Y 60 K 30
M 20 Y 60 K 10
M 50 Y 100
C 50 Y 100
M 35 Y 100 K 35
CMYK 0
Color
C 50 M 50 Y 50
M 20 Y 60 K 40
M 20 Y 60 K 10
M 35 Y 100 K 35
C 50 Y 100
M 50 Y 100
CMYK 0
Font
춘양장터 HY강

4개군 전통시장 BI
청송군

사과 / 청정지역
청정지역에서 생산된 지역대표 농특산품인 사과와 산, 들, 바람의 청정지역, 표현

■ Color

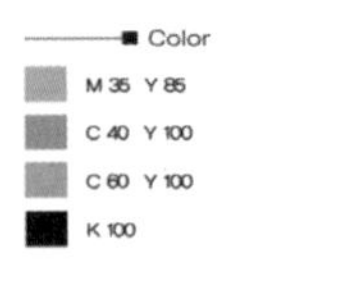

■ Color

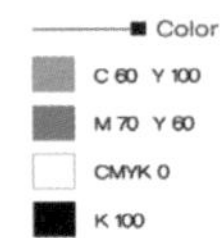

■ Font

진보장터 HY로즈

4개군 전통시장 BI
영월군

김삿갓 / 곤드레나물 / 감자 / 포도
지역특산물과 자연속에서 재배되는 건강한 먹거리, 표현

■ Color

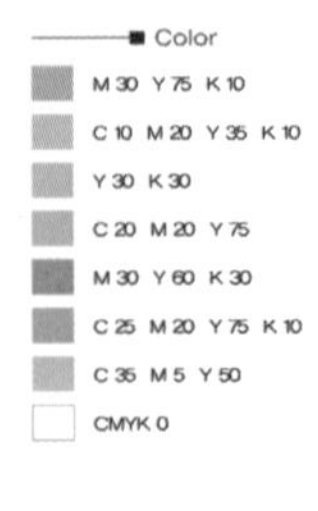

■ Color

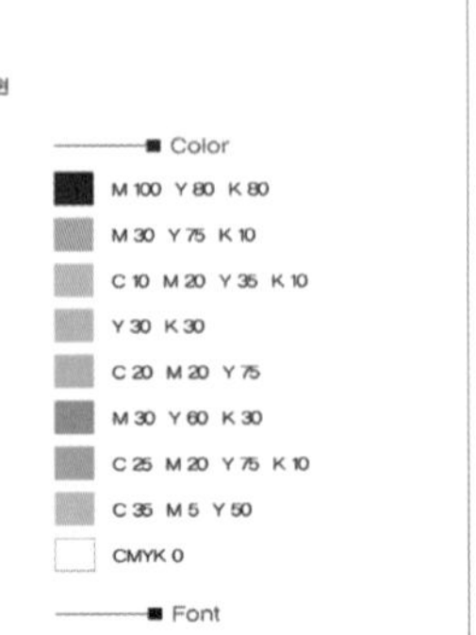

■ Font

외씨버선길 조성업무

권영직((사) 경북북부연구원 사무국장)

2010년 외씨버선길 조성사업을 시작하여 2011년 청송을 처음으로 외씨버선길 첫걸음 걷기 행사가 있었고, 그 사업을 시작한 게 엊그제 같은데 어느덧 외씨버선길이 10주년이 됐다는 게 믿기지 않는다.

BY2C 연계협력사업으로 외씨버선길 업무를 처음 시작할 무렵은 사무국에서 근무한지 1년이 조금 넘었던 때였다. 당시에는 생소하였던 광역경제권 연계협력사업으로 사업을 시작하였고 경북 북부의 낙후되었다고 이름 붙여진 봉화, 영양, 청송의 BYC에 영월이 붙어 BY2C라는 이름을 딴 사업단이 만들어졌다. 길 사업으로도 그랬지만 같은 광역단체가 아닌 지자체가 합심하여 만든 사업은 당시에도 거의 없었고 조성해야 하는 길이나 참여한 지자체도 그렇고 꽤나 큰 규모의 사업이었다.

경북북부연구원이라고 불리던 조그마한 사무실에는 얼마 후 외씨버선길 조성사업을 위하여 권오상 원장님 이하 참여하신 능력 있고 좋으신 팀장님들로 사무실 공간이 가득 채워졌다. 사무실은 금방 생기를 띄었고 나는 이 길 조성사업의 실무담당자로 참여하게 되었다.

사실 이러한 사업은 처음이라 부담감이 많았다. 하지만 그것도 잠시, 참여하신 분들이 베테랑이신 분들이라 그런 생각은 기우에 불과하다는 걸 알았다. 옆에서 많은 것들을 배울 수 있었고 소통하는 법이라든지 내 고유의 업무 또한 이 사업을 하면서 많이 일취월장하였다. 아무래도 여러팀이 존재하다보면 의견 합심이 잘 안되는 부분도 있기 마련인데, 아주 많지 않은 인원이라 그런지 가족같이 양보하고 합심하여 어려운 부분도 헤쳐 나가며 엉켜진 실타래를 풀 듯 어려운 문제들을 하나씩 해결해 나갔다. 처음부터 잘 나아가진 않았지만 문제를 하나 하나 풀어가며 만들어진 길에는 저마다의 특징과 테마가 담긴 이름이 붙여졌고 주민들과의 유대감을 형성하며 앞으로 나아가고 있었다.

나 또한 영양군에 거주하고 있는 사람으로서 우리 지역을 연계하는 길 조성 사업에 자긍심을 느꼈고, 살고 있었지만 몰랐던 지역의 숨겨진 이야기와 아름다운 경관을 알게 되었고 또 길을 만들어 가고 그 길을 지키려는 사람들을 알게 되었다.

외씨버선길은 다른 길과는 다르게 최대한 자연을 훼손시키는 않고 지금은 사라졌거나 희미해졌지만 예전 걸어 다니던 옛길을 복원하고 옛날에 이 길에 담긴 이야기들에 집중하여 길을 만들어나갔다. 그렇게 하여 길마다 저마다의 이름이 붙여지고 여러 조율을 거쳐 길이 만들어져갔다.

조성사업에는 젊은 사람들보다는 아무래도 BY2C 지역적 특색에 따라 연세가 있으신 어르신들이 직접 나와 중장비가 아닌 본인이 직접 쓰시던 곡괭이, 삽, 톱, 낫 등을 이용하여 최대한 자연 그대로를 살리면서 예전 본인들이 학교 다닐 때 걸었던 또는 예전 분들이 걸어 다니셨던 길을 복원하여 길을 만들어갔다. 친환경적인 길을 만들려고 노력했고, 또 직접 본인들이 만드셨던 길에 대한 자부심을 가지시고 계셨다. 길 조성 이후에도 길을 보수해야 하거나 풀베기 등이 필요할 때면 수시로 직접 연락을 주시기도 하셨다. 모든 길을 친환경적이거나 걷기 좋은 길로만 구성하였다면 더할 나위 없이 좋았겠지만 길의 연결성 및 개인 사유지 등 여러 가지가 복잡하게 얽힌 길의 특성상 일정 부분 그런 부분은 양보할 수밖에 없었다. 그렇게 총 240km에 이르는 13개의 길이 완성되었다.

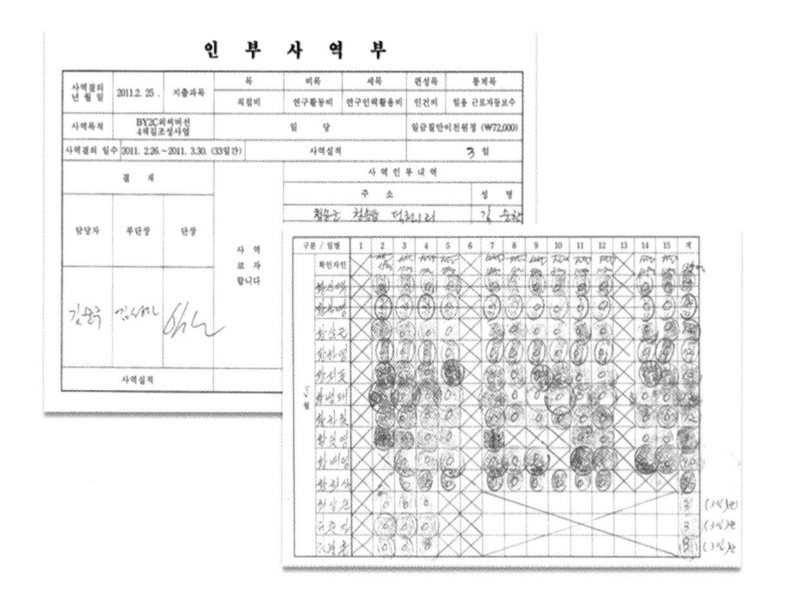

인 부 사 역 부

사역결의 년월일	2011.2. 25.	지출과목	목	비목	세목	편성목	통계목
			직접비	연구활동비	연구인력활용비	인건비	일용 근로자등보수
사역목적	BY2C외씨버선 4색길조성사업		일당			일금칠만이천원정 (₩72,000)	
사역결의 일수	2011. 2.26.~2011. 3.30. (33일간)		사역실적			3 일	

결재			사역코자 합니다	사역인부내역	
담당자	부단장	단장		주소	성명
				청송군 청송읍 덕리리	
사역실적					

구분 / 일별 1 2 3 4 5 6 7 8 9 10 11 12 13 14 15 계

확인자인

우리나라 대표 청정지역인 경상북도 청송군, 영양군, 봉화군 및 강원도 영월군 등 4개 군이 모여 만든 조지훈 시인의 승무(僧舞) 에서 따온 '외씨버선'의 이름은 같이 참여했던 4개 군과 너무나 어울리는 이미지였다. 아직 사람들이 많이 다녀가지 않아 가공되지 않은 자연의 길과 그 길에 살고 있는 소박한 사람들, 열정적인 사람들이 모여서 관 주도가 아닌 주민 주도적인 길로서 하나의 스토리를 만들어 낼 수 있는 좋은 조건을 갖추고 있었고, 4개 군의 모든 구간의 코스를 최대한 인공구조물이 아닌 자연의 있는 그대로를 유지하면서 보존의 개념, 과거 있었던 길을 복원

하는 개념으로 만듦으로서 조성하시던 분들의 옛길에 담긴 추억과 그 길을 복원하시는 분들의 이야기도 그 길 안에 녹아들었다.

길 조성도 그 지역의 주민들이 직접 참여해 길을 다듬고 정리하고 본인들의 애정을 녹여 만들어 냄으로 예전 길에 근래 만들어진 이야기도 보태졌다. 10년이 지난 지금 조성에 참여하신 분들도 지금 잘 지내고 계신지 안부가 궁금해진다. 때로는 손주처럼 생각하시어 만날 때면 무어라도 주시던 분들도 계셨는데 건강하게 잘 지내셨으면 좋겠다. 그분들의 그 말투 행동, 마음 또한 나에게는 또 하나의 이야기 되어 외씨버선길의 그 구간을 떠올리면 떠오르는 스토리 중 하나이다.

아무래도 나는 사무실에서 업무를 주로 하다 보니 길을 걸으러 나가는 일은 자주는 없었는데 외씨버선길 정비나 확인을 위하여 종종 혼자 길을 걷다보면 여러 생각을 하게 된다. 누군가를 만나면서 느꼈던 감정들 그리고 일상생활이나 일하면서 느꼈던 생각들. 그리고 순간순간 마주하게 되는 개인적인 문제들. 길을 걸으면서 평상시 느껴지는 감정들이 어느 정도 정리되고 또 새롭게 체득하며 배우는 것들이 있었다. 가끔은 오랜만에 걷는 길이라 너무 힘든 순간도 있었지만 길을 걷는 것은 어찌 보면 우리

인생의 축소판을 경험하는 과정일 것이다. 길을 걸으며 여러 마을, 여러 풍광을 지나치게 되고 그 과정에서 새로운 사람들을 만나기도 하고 걸으며 무얼 버려야 할지 선택하기도 하고 무얼 담아야 할지 배우기도 한다. 외씨버선길을 걷는 것은 나에게 그런 과정적 의미도 있었고 나에게 소소한 행복을 주기도 하였다.

외씨버선길을 다녀간 사람이 10년 동안 약 800만명이 넘는다고 한다. 처음에 조성할 그때의 마음처럼 자연을 보존하며 주민들이 길을 가꾸고 아름다운 경관을 유지하여 앞으로도 많은 사람들이 외씨버선길의 가치를 알아주었으면 좋겠다. 화려하진 않지만 자연친화적인 길로 남으려면 기존의 길을 좀 더 정비하고 추가로 국유화 혹은 군소유로 하여 오랫동안 지켜질 수 있는 변치 않는 아름다움을 지닌 길로 남길 바란다.

시절인연이라는 말이 있다 모든 인연에는 때가 있으며 뜻이 통하고 때가 되면 이루어지게 되어 있다는 것이다. 외씨버선길을 만들기 위해 만들어진 인연들이었지만 그분들과의 인연들이 정해진 있던 인연이 아니었을까 싶다. 권오상 원장님, 김성진 팀장님, 김순주 팀장님, 신승호 팀장님, 또 해당 지자체의 담당자님, 한국생산성본부 관계자님들, 그리고 지역주민분의 많은 노력과 관심이 최종적으로 길로 만들어져 10년을 이어오게 하는 게 아닌가 싶다. 앞으로도 외씨버선길과 관계되는 여러분들의 노력과 관심으로 10년, 20년 후에는 더 발전된 길이 되길 바란다.

길을 만들기 위해 참여한 사람들로 그 길은 그 스토리를 가지고 있지만 그 길이 주는 스토리를 바탕으로 외씨버선길을 다녀간 사람들도 그길에서 새로운 것을 배우고 새로운 인생의 스토리를 쓸 수 있는 앞으로도 꾸준히 많은 사람들의 사랑을 받는 그런 길이 되었음 한다.

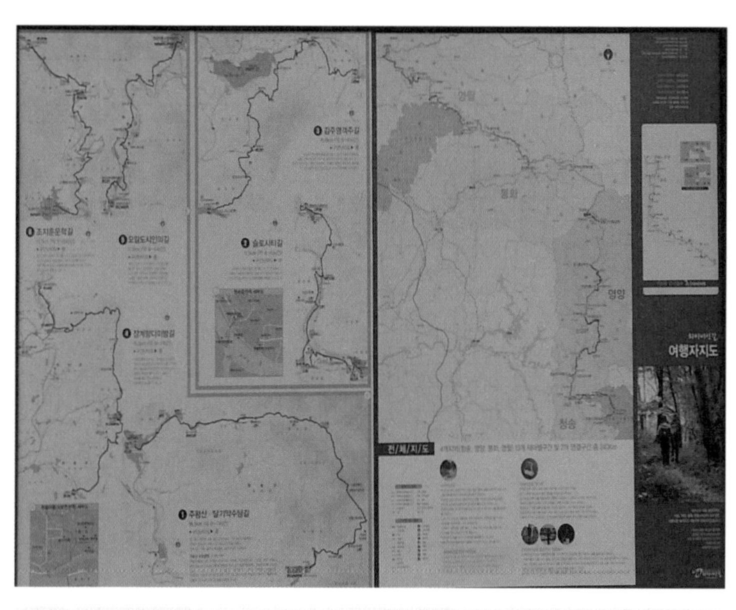
여행자지도
전/체/지/도
영양
청송

사뿐사뿐 빠져드는 4色매력
외씨버선길
조성사업 백서

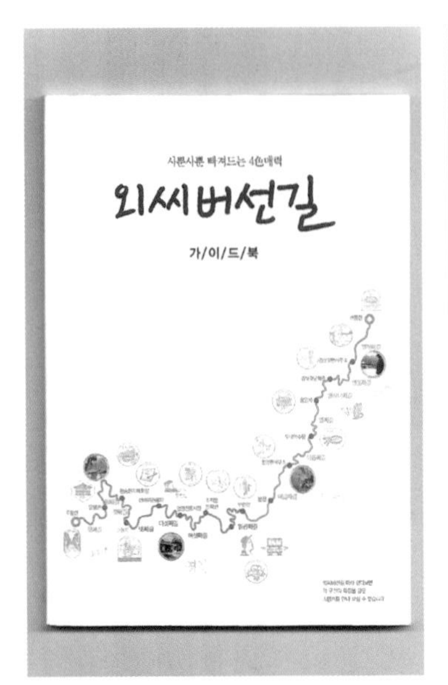
사뿐사뿐 빠져드는 4色매력
외씨버선길
가/이/드/북

사뿐사뿐 빠져드는 4色매력
외씨버선길
storytelling & guide book

외씨버선길도
걸어야 내 거다
전유성의 잡담노트
외씨버선길

외씨버선길
사뿐사뿐 빠져드는 4色매력 청송 / 영양 / 봉화 / 영월

외씨버선길 길관리매뉴얼
청송 · 영양 · 봉화 · 영월

외씨버선길
외씨버선길 지속화 및 유지관리방안 연구
결과보고회
2013. 01
연 구 자 : 손 은 일
장 효 천
송 우 경
김 석 호
[사] 경북북부연구원
BY2C 연계협력사업단

스토리북 및 안내지도 디자인 작업을 회상하며

임현승(아트토이 작가)

나는 서울 촌놈이다.

친척들도 대부분 서울에 거주해 명절에 다른 지역으로 이동할 일이 없었고 업무로 인한 해외 일정에 치여 평소에도 국내 여행은 다닐 기회가 많지 않았다. 심지어 군생활도 서울에서 했다. 경북북부 연구원에서 외씨버선길 일을 의뢰 받지 않았다면 나는 영월, 봉화, 영양, 청송을 여전히 모르고 있었을 것이다.

CI, BI 등 기업 이미지 디자인 작업을 주로 하고 있던 시기에 외씨버선길을 안내하는 지도와 각 지역의 이야기를 담아낸 스토리북을 디자인하는 일을 맡게 되었다. 상업적인 디자인에서 한

발짝 벗어나 한국의 아름다움을 담아내어 소개하고 안내하는 작업을 하게 되어 설레던 기억이 생생하다.

외씨버선길 안내지도 작업을 시작하면서 제일 먼저 주안을 두었던 부분은 청정 지역에서의 여유를 만끽하게 위해 찾아온 사람들이 너무 많은 정보에 혼란을 느끼지 않도록 정갈하게 편집하고 디자인하는 것이었다. 지도에서 가장 특징적인 강과 길의 형태는 정확하게 보여주면서 중요 지형지물과 관광지 정보를 제외한 부분은 간소화, 단순화 시켰다.

안내지도 작업을 진행하면서 가장 중점을 둔 부분은 아이콘 개발이었다. 한눈에 들어오는 아이콘의 표기를 통해 외씨버선길을 방문하는 사람들이 어렵지 않게 안내지도에서 각 지형지물과 주요 관광지를 확인할 수 있도록 하는 것에 초점을 맞췄다.

외씨버선길을 안내하는 지도인 만큼 버선이 갖고 있는 날렵하면서도 둥글둥글 귀여운 곡선의 미를 살린 그림체를 사용해서 아이콘을 제작했다. 각각에 대한 자세한 설명 없이도 누구나 알아볼 수 있는 아이콘을 만들고 단아하고 단순한 색상을 사용해 눈이 편하면서도 깔끔한 디자인을 했다.

스토리북에 들어갈 삽화를 제작하기 위해 외씨버선길을 잘 표현해 줄 삽화가를 찾는 작업도 즐거웠다. 유려하면서도 힘있는 선을 표현하기 위해 김홍석 작가, 정감 있고 따뜻한 지역의 모습을 담아내기 위해 심하련 작가, 고즈넉한 자연의 아름다움을 표현하기 위해 박진영 작가를 섭외하여 각각 영양, 봉화, 영월 그리고 청송의 모습을 담아내게 하였다.

10년이 지나 돌아보니 외씨버선길 작업을 진행하면서 새롭게 알게 된 영월, 봉화, 영양, 청송의 아름다움을 더 많이 찾아보고 그 청정지역에서의 여유를 더 많이 누려보지 못한 것이 영 아쉽다. 앞으로도 10년, 20년 나 같은 도시 촌놈들이 언제든 마음 편히 찾아가서 바쁜 일상을 벗어나 차분하고 편안한 사색의 시간을 보낼 수 있는 외씨버선길로 남아주길 바란다.

그림 1. 외씨버선길 안내지도 아이콘 디자인

그림 2. 외씨버선길 스토리북 삽화

연지 테마단지

억지춘양5일장
춘양장터

나와 외씨버선길
길은 사랑받는 만큼 아름다워진다

안은주((사)제주올레 상임이사)

내 어머니는 열 살 때까지 내 생일마다 수수팥떡을 만들어주셨다. '자식이 귀신으로부터 해코지당하지 않고 무탈하게 자랄 수 있도록' 해주는 생일 선물이자 의식이었다. 자식이란 열 살까지만 잘 보호하며 키우면 그 후로는 스스로 역경을 헤쳐 나갈 수 있다는 믿음을 어머니는 갖고 계셨던 것 같다.

외씨버선길이 열 살이 되었단다. 열 살이 되도록 외씨버선길도 수수팥떡 같은 누군가의 정성을 먹고 자랐으리라. 이제는 스스로 역경을 헤쳐가며 자랄 수 있는 나이가 된 셈인데, 외씨버선길은 준비가 될 것일까? 그리고 외씨버선길 앞날에는 어떤 일이 펼쳐질까.

외씨버선길 초창기 때는 외씨버선길 식구들과 참 많은 이야기를 주고받았다. 외씨버선길 식구들은 3년 선배인 제주올레의 일거수일투족이 모두 궁금했던 것 같다. 청송 영월 봉화 주민들과 함께 제주올레 걷기축제로 찾아오기도 했고, 외씨버선길 조성과 운영 관리에 필요한 조언을 듣기 위해 청송으로 나를 불러들이기도 했다.

그런 인연 때문인지 외씨버선길 이야기가 나오면 자연스럽게 주의를 기울이게 된다. 내로라하는 도보 여행자들이 가장 자주, 가장 많이 찾는 곳이 제주올레 길이다 보니, 다른 길을 걷고 온 이야기를 전해 듣는 경우가 잦다. 외씨버선길을 걸어본 이도 종종 만나게 된다.

"도보여행 길 가운데 길 안내 표지가 부족하거나 관리가 잘되지 않는 곳이 많은데, 외씨버선길은 길 표지도 잘되어 있고 제초작업도 잘 되어 있더라구요"

"마을 사람들이 순박하고 자연의 순수성이 잘 보전되어 있어 어릴 적 추억을 부르며 옛 고향을 걷는 기분이었어요. 때로 척척하고 울퉁불퉁한 길이 나오는가 하면 친절하거나 익숙하지 않는 곳으로 저를 이끌기도 하더라구요. 힌트를 주지 않아 우연한 발견이라는 기쁨을 주는 구간도 많았어요. 나를 전혀 다른 세상에 데려다 놓는 느낌이랄까? 걸을 땐 불편한 점도 많고 힘들기도 했는데 나중에는 그 불편함이 그립더라구요"

"외씨버선길 11구간 회암령에 오를 즈음 들고 간 물이 바닥났는데 양심 장독대가 있어서 너무 고마웠던 기억이 있어요."

"무척 힘든 길도 있었지만 계절에 따라 다른 맛을 보여주는 길이 많아요. 무엇보다 이문열, 조지훈의 문학을 접할 수 있어 좋았고, 덕천마을 송소고택, 두들마을의 고택들처럼 오래된 집을 만나고 그 집을 지키는 사람들의 사연을 듣고, 그림 같은 풍경을 만날 때는 너무 좋아서 행복했어요."

도보 여행자들이 전해주는 이야기를 들으면서 '외씨버선길이 잘 운영되고 있구나' 하는 안도감을 갖곤 했고, 몇 년 전 내가 직접 걸어보면서도 관리가 잘되고 있는 것을 확인할 수 있었다.

13년째 도보여행 길을 내고 운영하는 길지기를 하면서 깨달은 진리 가운데 하나는 '길은 살아있는 생명체여서 사랑받을수록 아름다워진다'는 사실이다. 사람의 발길이 뚝 끊겼던 숲을 이어 처음 길을 내면 바닥도 길 주변의 풀섶도 설익은 풋내가 나게 마련이다. 그러나 한 사람이 걷고 두 사람이 걷고 여럿이 걸으면서 길은 점점 길의 꼴을 갖추어간다. 마치 아주 오래전부터 거기 그 자리에 있었던 길처럼. 반대로 큰 예산을 들여 처음부터 잘 다듬어진 산책로로 만들어진 길은 너무 푹 익은 느낌이 두드러진다. 재료 본래 맛을 살리지 못하고 이 양념 저 양념 쏟아 붓고 끓여낸 잡탕처럼 말이다.

도보여행 길은 돈으로 크는 아이가 아니라 시간과 발걸음으로 키워내야 하는 아이와 같다. 지속적으로 손이 많이 간다. 풀은 베어내도 다시 쑥쑥 자라고, 길 표지로 매어놓은 리본은 큰 바람 불어닥치면 사라진다. 너무 많은 사람이 걸으면 바닥이 뭉개지고 바닥의 풀이 사라져 황폐화해진다. 매일 걸으면서 길이 필요로 하는 대로 보살펴야 한다.

사단법인 제주올레가 26개 코스 425km나 되는 제주올레 길을 매일 걸을 수 있는 아름다운 길로 운영 관리할 수 있는 가장 큰 비결은 제주올레 길을 '내 길로 여기고 보살피는 사람'들 덕이다. 각 코스별 올레지기는 한 달에 최소 두 번 이상은 자기 코스를 걸으며 돌보고, 제주올레 아카데미 총동문회 소속 자원봉사자들은 돌아가면서 매일 한 코스 이상씩 '아카자봉 함께 걷기' 행사를 운영하면서 길을 걷는다.

매달 둘째 주, 셋째 주 토요일에는 제주올레 아카데미 동문회원들과 올레꾼들이 모여 길을 걸으며 쓰레기를 줍는 '클린올레'를 한다. 40명의 올레길 지킴이와 25명의 그린리더는 한 달에 최소 열흘 동안 길을 걸으며 길을 손보고 정비한다. 이들은 돈이 생겨서 이 일을 하고 자원봉사를 하는 것이 아니다. 제주올레 자원봉사자들이 가장 흔히 하는 말은 '길을 걸으며 얻은 것이 너무 많아 나도 갚고 싶고 나누고 싶다'라는 이야기다.

도대체 길을 걸으면서 무엇을 얻었다는 것일까. 걸어보지 않은 사람은 이해하기 쉽지 않다. 그러나 오직 내 두 발로 딛고 밀어야만 앞으로 나아가는 걷기라는 행위를 온 몸이 흥건해지도록 단 한 번이라도 해 본 사람이라면 저절로 고개를 끄덕일 것이다.

"나는 나에게 누구도 빼앗을 수 없는 멋진 무기가 있음을 깨닫는다. 걸으면서 생각하고, 걸으면서 나 아닌 다른 것과의 소통을 꿈꾸는 나, 걸으면서 새로운 아이디어를 얻고, 걸음으로써 건기 전과는 분명 달라진 나. 더 많이 더 오래 더 깊이 생각하며 걸을 때마다 조금씩 다른 존재가 되어가는 인간의 힘을"이라고 걷기 예찬을 쏟아낸 정여울 작가의 말처럼, 걸어본 사람은 걷기가 주는 기쁨과 행복을 안다. 걷기가 주는 기쁨과 행복을 느껴본 사람들이 걷는 길의 주인이 되어 걷는 길을 돌보는 행위는 아름다운 선순환이 아닐 수 없다.

연간 30만 명가량이 걷는다는 외씨버선길에도 외씨버선길을 내 길로 여기고 돌보는 사람들이 적지 않으리라 짐작한다. 조성할 때부터 주민들에게 길을 물어보고, 지역주민들이 장 보러 다니거나 학교 다니던 길을 복원하며 길 조성도 100% 주민들의 힘으로 했으니 외씨버선길에 자부심을 가진 주민이 얼마나 많겠는가. 내가 외씨버선길을 걸으면서 만났던 주민들도 '외씨버선길 걸으러 왔냐'고 반기며 자부심에 찬 얼굴이었다.

다만, 제주올레 경험에 비추어 보면 이 길을 내 길로 여기는 사람은 저절로 생기는 것이 아니므로 길지기들이 지속적으로 관심을 가지고 키워내고 확장해야 한다는 사실이다. 제주올레의 주인들을 양성해 내는 데는 제주올레 아카데미가 디딤돌 역할을 한다. 제주의 역사 문화 생태 등 다양한 분야의 이론과 현장 교육으로 꾸려진 제주올레 아카데미는 본래 제주올레 길동무를 양성하기 위해 만들어진 교육 프로그램이었다. 그러나 지금은 제주올레 자원봉사자를 배출해내는 가장 중요한 교육 과정이 되었다. '제주올레에서 자원봉사를 하려면 아카데미를 수료해야 한다'는 말이 나돌 정도다. 제주올레 아카데미를 수료해야만 자원봉사를 할 수 있는 것은 아닌데도 말이다.

제주올레 아카데미 기초 과정, 일반 과정, 심화 과정 등의 단계를 거치면서 사람들은 제주에 대해 제주올레에 대해 더 잘 알게 되고, 아는 만큼 기여하고 싶은 마음이 일면서 제주올레 자원봉사 대열에 합류하게 된다. 교육 과정만 이수하고 끝나는 것이 아니라 제주올레 아카데미 총동문회에 가입하여 모여서 활동하게 되면서 자원봉사 활동에 더 탄력을 받은 듯하다. 외씨버선길에도 제주올레 아카데미 같은 자원봉사 양성 및 교육 프로그램이 꾸준하게 운영될 수 있다면, 외씨버선길을 내 길처럼 사랑하는 사람들을 더 많이 길러낼 수 있을 것이라 본다.

〈걷기의 인문학〉을 쓴 리베카 솔닛은 '걸어가는 사람이 바늘이고 걸어가는 길이 실이라면, 걷는 일은 찢어진 곳을 꿰매는 바느질입니다. 보행은 찢어짐에 맞서는 저항입니다'라고 말했다.

외씨버선길의 열 살이 되는 해, 지구촌은 코로나 19라는 예기치 못한 복병을 만나 만신창이가 되고 있다. 그 어느 때보다 다양한 곳에서 다양한 이유로 다양한 사람들이 찢어지고 있다. 외씨버선길 식구를 비롯한 길지기들이 해야 해야 할 일은 해지고 찢어지고 구멍난 곳을 더 많은 사람들이 꿰맬 수 있도록 이 길을 잘 가꾸고 보살펴야 한다고 생각한다.

외씨버선길 개장 10년을 축하하며

차종순(예원예술대학교 대학원장)

처음 '외씨버선길'이라는 단어에 접했을 때 아름답고 다소곳한 여인네를 연상시키는 '외씨버선'이 담고 있는 뜻이 무엇일까 매우 궁금했다.

경상북도와 강원도 깊은 산골에 위치한 우리나라 대표 청정지역인 청송, 영양, 봉화, 영월 4개 군이 모여 만든 4色 매력을 외씨버선길에 담아내고, 네 가지의 각양각색의 특별한 색이 합쳐지고 각각의 순례길을 선으로 이어내니 그 모양이 조지훈 시인의 승무에 나오는 외씨버선의 이미지와 맞아떨어져 '외씨버선길'로 불리게 되었다는 흥미롭고 매력적인 스토리텔링이 객주라는 공간을 디자인하는데 샘물같이 솟아나는 영감을 주었다.

각각의 객주는 외씨버선길의 출발지점에 자리하고 있어 구간별 안내소의 역할을 함과 동시에 다른 코스로 여행을 마치고 온 여행자들의 휴식처로 기능한다는 점을 염두에 두었다. 객주는 외씨버선길 각 코스마다 지역의 특징과 자연자원, 역사문화적 자원들을 종합한 스토리텔링을 반영하여 지역 특색에 맞춰 설계되어져야 한다고 생각했다.

가장 먼저 조성한 영양객주는 외씨버선 BI이미지를 응용한 버선모양의 한지조명등과 캐릭터 소품을 객주 인테리어에 활용해 조지훈 시인의 시 '승무'와 '외씨버선길'의 이미지, 컨셉에 가장 부합하는 공간으로 연출하였다.

특히 외씨버선길 조성사업에서 한지라는 전통문화의 소재가 갖는 의미는 매우 크다. 외씨버선길 코스의 하나인 청송에는 전통적인 방식으로 종이를 생산했던 장소인 지소(紙所)가 여럿 있었는데 안덕면 지소리와 파천면 신기리, 중평리 등 모두 세 곳이나 있었기 때문이다.

경상북도 청송군 파천면 신기2리 감곡마을은 종이의 주재료인 참닥나무가 많고 물이 맑아 오래 전부터 제지마을로 널리 알려져 왔으며 이 마을에서는 1920년대까지 20여 가구가 한지를 생산하였고 한지를 생업으로 하지 않는 주민들도 부업으로 삼았을 정도로 한지와 밀접한 관련이 있는 지역이었다. 이후, 창호지 소비가 급격히 줄어들고 한지를 주로 사용하던 각종 의례도 현대화 하는 등 한지소비가 급감하여 한지생산이 크게 위축되었으나 최근 화선지와 소지, 책지, 화가들이 쓰는 벽보지 등 전통한지의 수요는 늘어나고 있으며 경상북도 무형문화재 제23호 청송한지장 기능 보유자인 이자성이 청송한지 체험관을 조성하는 등 청송한지 보급에 힘쓰며 한지고장의 명맥을 이어가고 있다.

관광객을 맞이하는 안내센터의 역할을 하는 객주에 설치한 버선모양 한지조명의 빛은 따뜻한 환영의 의미를 지니며, 한지에 새겨진 전통문양은 지역의 다양한 문화자원이 한데 응축된 의미를 전달하여 외씨버선길의 취지에 쉽게 공감할 수 있는 장소로 활용되고 있다.

이렇듯 외씨버선모양의 대형 한지조명등은 외씨버선 순례길과 조지훈의 시 '승무'와 지역 문화자산인 한지와 매우 유기적인 이미지로 연결되어 있다.

이외에도 소품으로 제작된 외씨버선 모양 액자와 조지훈의 시와 결합된 외씨버선 디자인 손수건 등 기념품은 외씨버선길 사업의 의미와 이미지를 확장시키는 역할에 기여하고 있다.

처음 시작했던 영양객주의 모던한 인테리어 디자인은 향토 사업의 고루한 이미지를 탈피함으로써 사업전반에 대한 이미지 개선으로 이어져 홍보에 긍정적인 역할을 했던 것으로 평가받고 있다.

'외씨버선길' 조성사업이 10주년을 맞았다. 지역의 우수한 자원을 콘텐츠로 개발한 '외씨버선길'은 지금껏 전국의 수많은 방문객을 맞으며 지역의 명소로 자리매김해왔다. 앞으로 10년, 더욱 사랑받으며 지속가능한 '외씨버선길'로 발전을 위해서는 이곳을 찾는 방문객들의 니즈가 무엇인지, 지역자원을 어떻게 효율적으로 활용할 것인지에 대한 깊은 고민과 유무형의 콘텐츠 개발이 계속되어야 할 것이다. 처음 이 길을 열었을 때의 열정과 노력을 잊지 말아야 할 것이다.

외씨버선길 개장 10주년을 진심으로 축하하며 더 나은 10년의 도약을 기원한다.

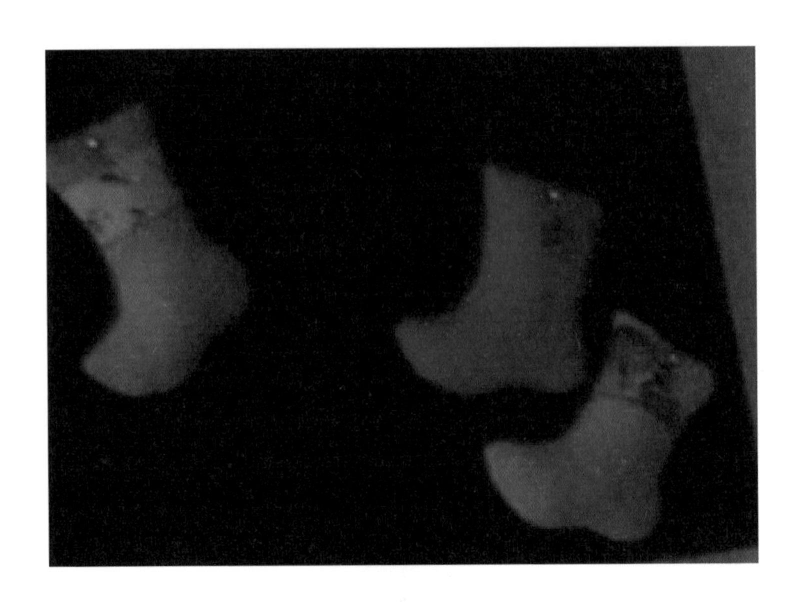

얇은
사 하이얀
고깔은 고이 접어서
나빌레라 파르라니 깎은
머리 박사 고깔에 감추오고
두볼에 흐르는 빛이 정작으로 고와서
서러워라 빈 대에 황촉 불이 말없이 녹는
밤에 오동잎 잎새마다 달이 지는데 소매는
길어서 하늘은 넓고 돌아설 듯 날아가며 사뿐히 접어
올린 외씨 보선이여 까만 눈동자 살포시 들어 먼 하늘 한개
별빛에 모도우고 복사꽃 고운 뺨에 아롱질 듯 두 방울이야
세사에 시달려도 번뇌는 별빛이라 휘어져 감기우고
다시 접어 뻗은 손이 깊은 마음속 거룩한
합장인양 하고 이밤사 귀또리도 지새는
삼경인데 얇은 사 하이얀 고깔은
고이 접어서 나빌레라

외씨버
승무

외씨버선길 10년을 기억한다

허영숙((사)HUB-N 대표)

어느 날, 연락이 뜸하셨던 외씨버선길의 권오상교수님이 전화를 하셨다. 올해로 외씨버선길이 조성된지 십년이라고 하신다. 십주년 기념 세미나라도 한번 해야지요. 그렇게 시작이 되어 새삼 이 글을 쓰게 되었다.

생산성본부에서 정년퇴직하면서 내가 진행한 자료들을 가지고 나오지 않아서 거의 기억에 의지해야 하는 상황이라 기억이 가물가물하여 혹시 본의 아니게 열성껏 함께 해주신 분들 중 누구는 언급하고 누구는 빼먹을까봐 내가 쓰는 건 없이 진행하려고 했다. 하지만 마지막 순간에 타닥타닥 자판을 두들긴다. 일부라도 흩어진 기억들을 잡아놓지 않으면 영영 사라질 것이다. 외씨버선길은 그저 정책사업으로 조성된 지역경제 활성화 수단으로 치부하기엔 너무 많은 분들의 열정으로 조성되었기 때문에 일부라도 남겨놓고 싶다.

외씨버선길은 2010년부터 조성되기 시작하여 2015년에 완료된 트레킹 코스로 경북과 강원도를 잇는 4개 지역에 총 길이 240Km로 연결되어 있다. 외씨버선길은 경북북부연구원이 중심이 되어 경상북도의 영양, 청송, 봉화와 강원도의 영월, 4개의 지자체가 협력하여 추진함으로써 조성된 길이다.

경북북부연구원은 외씨버선길의 조성을 위해 BY2C연계협력사업단을 구성하고, 산하에 기획홍보팀, 대외협력팀, 탐사팀, 역량강화팀의 4개 팀을 두었고, 역량강화팀은 한국생산성본부가 그 업무를 대행하였다. 외씨버선길 조성사업의 두 축은 길을 내는 것과 인근 주민들의 참여여건을 조성하는 것이었다.

탐사팀을 이끌 인재로는 대한산악연맹 회장님의 추천으로 에베레스트와 5대륙 최고봉을 등정한 김순주씨가 영입되어 4개 군의 산길을 헤매고 다니면서 적당한 길을 찾아냈다. 찾아낸 후보길을 실제 길로 조성하는데 주민들의 노력이 컸는데, 그 주민들을 연결하고, 자긍심을 만들어내는 데는 신승호팀장의 역할이 컸다. 생산성본부를 그만두고 미국유학길을 떠나려던 그에게 일년만 그 일을 하고 가라고 등 떠밀던 기억이 생생하다. 신승호팀장은 기획과 홍보, 그리고 교육운영에 대한 전체적인 업무를 해낸 경력과, 아직 미국으로 출발하지 않아서 잠시 시간차를 노려보기에 딱 좋았다. 결국 나의 꼬심에 넘어가 미국유학길을 포기한 그는 지금 서울 광화문에서 공무원으로 재직 중이다.

1차년도에 주민들을 대상으로 해설사 양성교육을 기획하여 30명의 수료생을 배출했다. 수료생들은 그 해에 진행된 11번의 팸투어에 배정되어 활동하게 되었다. 1차조성된 4개구간을 기반으로 온라인 마케팅 계획을 세우고 외씨버선길 다큐멘터리를 제작하여 '두메의 재발견, 외씨버선길'이라는 제목으로 방영하였다. 특히 인근 청도에서 철가방 코미디극장을 구축하던 개그맨 전유성씨가 홍보에 합류하여 라디오 광고물을 녹음했는데, 그 때부터 적극적으로 외씨버선길 행사에 참여해주셔서 뵐 때마다 늘 감사한 마음이 들었다.

2차년도에는 5개구간이 조성되었다. 각 구간별로 고유한 테마를 지니도록 하는데 집중했다. 외씨버선길을 찾는 고객들에게 지역을 알리려면 지역의 원천문화 콘텐츠를 찾아내고 활용가능한 자료로 만들어야 했다. 스토리텔링 콘텐츠 개발에 김용문 대표와 이근미 작가가 지역전문가들과 힘을 합해 자료를 정리했다. 홈페이지를 개설하고, 여행자수첩과 스탬프 46종을 개발했다.

스탬프에 사용되는 아이콘을 만드는 데는 임현승 아트토이 작가와 한국예술종합학교 학생들이 동원되었다. 그들로부터 승무를 추는 수채화 한 점도 그려 받아 보고서에 실었다. 외씨버선길과 조지훈의 승무를 시각적으로 묶어내는 작업들이 진행된 것이다.

3차년도에는 4개구간이 마저 조성되어 전체 240Km가 완성되었다. 길이 조성되면서부터 그 길을 유지하는 주민들의 역할이 보다 강조되기 시작했다. 지원을 위해 와 있는 외부전문가들이 떠나더라도 길은 항상 살아있어야 했다. 주민 100명이 완도의 청산도길을 다녀왔다. 그들은 어떻게 길을 관리하고 있는지 현장에서 보고 느낌을 나눴다.

그 해 주민교육에는 536명이나 참석했고, 서비스 아카데미에도 130명이 함께했다. 지역의 스토리텔링을 맡았던 이근미작가가 강사로 투입되어 어떻게 외지인들과 소통할지에 대해 의견을 나눴다. 그때 이근미작가와 함께 온 서경리기자가 찍은 사진들과 이근미작가의 글이 월간조선에 실렸다. 서경리기자는 크고 무거운 카메라를 메고 현장마다 따라다니며 사진을 찍었다. 제주출신인 그녀는 외씨버선길과 주민들에게서 고향을 느끼고 있었다. 그녀의 관심과 탐방객의 사진들을 모아 서울 경복궁역에서 사진전을 개최했다. 사진들을 멋진 액자에 담아준 분도 사진전 개최처럼 사람들이 사람들을 불러 모으고 연결 연결하면서 만나게 됐다. 그 여파를 몰아 외씨버선길로 오는 고객들을 위한 관광열차를 17회나 운행했으며, 관광상품도 4종을 개발해서 판매하기 시작했다.

1단계 3년간의 사업이 종료되었지만, 그동안의 성과가 탁월했다고 인정받아 2단계 지원을 받게 되었다. 2단계 사업에서는 주민역량강화사업으로 협동조합 설립을 택했다. 외씨버선길을 찾는 탐방객들이 소비할 꺼리를 만들어 낼 요량으로 다양한 시도가 있었다. 한겨레경제연구소의 이현숙소장과 전문가팀이 설립관련 교육과 선진지 탐방을 지원했다. 4개 지역 객주에서는 영양객주 이옥랑, 청송객주 홍영숙, 봉화객주 김미정, 영월객주 정혜은 등이 근무하면서 탐방객들의 편의를 도왔고, 배출된 해설사들도 팸투어와 지역축제 등에서 외씨버선길 정보를 제공하는 일을 하였다. 그 외 13개 길마다 그 지역의 주민들이 길관리와 풀베기인력으로 활동하면서 외씨버선길이 자리 잡도록 도왔다.

외씨버선길의 조성으로 지역이 알려지기 시작하면서 청와대 블로그에 지역발전위원회 우수사례로 선정된 외씨버선길 소개가 '외씨버선길, 지역의 보물이다' 라는 제목으로 공개되었다. EBS, KBS, 중앙일보, 조선일보, 한겨레신문, 매일경제, 월간 산, 이코노미스트 등 메이저언론매체의 관심 증가로 다양한 매체에서 외씨버선길 보도가 이어졌다. EBS한국기행에서는 외씨버선길편을 4개 지역별로 연속 방영하였다. ①청송, 돌과 흙의 이야기, ②봉화, 길 위에서 봄빛을 보다. ③영양, 오래된 책장을 넘기듯, ④영월, 강따라 봄은 이어지고, ⑤종합, 그 길에 꽃 피면이라는 제목으로 방영되었다.

주요 언론들은 외씨버선길 김주영객주길이 '장돌뱅이 민초들의 억척같은 삶을 담은 길로 자리매김에 기여했다'고 표현하거나, 김삿갓문학길에 대해 '깊고 아늑한 오솔길이 계곡 따라 외씨버선을 수놓는다'고 한 것처럼 각 길이 제시하는 테마에 대해 관심을 가지고 소개했다. 외씨버선길을 소개하는 과정에서는 특히 본 사업에서 진행한 주민교육 프로그램이 지닌 의미를 강조하는 기사들도 실었는데 그 중 '사진찍는 지역주민들'이라는 집중보도는 길 조성과 그 지역주민의 삶을 연결하는 데 초점을 맞추고 있었으며, 외씨버선길 협동조합 인큐베이팅사업에 대해서도 큰 관심을 보여주고 있었다.

오지에 조성된 트레킹 길이 탐방객과 주민을 이어주기 위해서는 지역자원과 도시민을 잇는 작업이 지속적으로 진행되어야 한다. 사업단은 기획프로그램으로 문학인 및 청년문학도들을 초청하여 BY2C 지역 문학인(조지훈, 김수영, 오일도, 김삿갓, 남지현, 김도현 등)들과 연관지역을 중심으로 지역을 탐사하여 "외씨버선 문학길" 관련 후보길을 선정했다. 그 시기에 신승호팀장이 이동불편을 절감하고 차를 샀다. 전형적인 도시형인 그가 고른 건 미니, 서울의 좁은 주차공간을 고려할 때 딱좋은 사이즈인 그 작은 차량이 외씨버선길 전 구간을 누비고 다니는 데 큰 힘이 되었다.

희망의 새시대

청와대 인사이드 | 대한민국 타임라인 | 국정다이어리 | 정책 포커스

Home » 대통령소속위원회 » 위원회 소식

[지역발전위원회] 지자체간 협력 모범사례, 외씨버선길 본 궤도에 올라

2014년 11월 4일

0 0 Print

대표적 낙후지역인 경북의 봉화,청송,영양과 강원도 영월군이 협력하여 함께 만든「외씨버선길」로 연 매출 200억원 올려

낙후된 BY2C(봉화.영양.영월.청송) 지역을 발전시키기 위하여 시작된 연계협력사업 프로젝트인 「외씨버선길 BY2C 지역공동체 활성화사업」이 5년간의 사업을 통해 본 궤도에 오르고 있다.

매년 약 60만명 이상의 관광객들이 외씨버선길을 방문하고 있으며 특히, 코레일과 협력하여「외씨버선길 축제열차」운영을 통해서 수도권 관광객 3,000명을 매년 유치하는 등 연간 매출이 약 200억원에 이른다. 이 사업은 낙후지역 주민소득 창출을 위해 지역발전위원회에서 2013년도 지자체간 연계협력사업으로 선정하여 2013년부터 2015년까지 3년간 국비 20억원(총사업비 22억원)을 지원하는 사업이다.

이런 성과의 배경에는 다양한 성공요인이 있다. 먼저 전국에서 가장 낙후된 지역인 경북북부지역의 3개 지자체(청송군, 영양군, 봉화군)와 강원도 영월군이 손을 잡고 지역발전을 위해 적극 협력하고 있다는 점이다.

4개군 군수로 구성된 「BY2C연계협력협의회」를 구성하여 외씨버선길 사업을 적극 지원하고 있으며 4개군 담당 실장 및 과장과 경북북부연구원장 등으로 구성된 「외씨버선길 운영위원회」에서 주요 현안을 결정하여 이해관계 조정 및 협력을 도모하고 있다. 외씨버선길 운영위원회는 매 분기 1회씩 개최해오고 있으며 예산안 검토, 현안 검토, 민원 등에 대해서 토론과 보고 등을 통해 4개군 공무원 및 민간단체 상호 간의 외씨버선길 사업에 대한 소통과 이해의 폭을 넓히고 있다.

다음 성공요인은 지역주민들의 적극적인 참여이다. 외씨버선길을 처음 조성할 때부터 과거에 지역주민들이 장보러 다니거나 학교다니던 길을 복원하였다. 주민들에게 길을 물어보고, 길조성도 100% 주민들에게 인건비를 지급하여 길을 조성함으로써 주민들의 외씨버선길에 대한 관심도 제고 및 참여의식이 매우 높다. 특히 70세 이상의 농촌 어르신들의 일자리를 창출하고 있다는 점은 매우 큰 의의가 있다. 길이 조성된 후에도 풀베기, 외씨버선길 유지보수를 전적으로 주민에게 맡김으로써 민원발생이 줄었고 주민들의 외씨버선길에 대한 자부심도 매우 강한 편이다.

아울러, 산악인들도 초청하여 80% 이상이 산악지대인 지역의 특성, 기암절벽을 형성하면서 사람의 손길이 닿지 않은 소하천 등을 소개하고, 산악인들이 외씨버선길 구간의 산악지형을 활용할 수 있도록 "건강·휴양형 외씨버선 후보길"을 발굴하는 지역탐방활동을 진행하였다. 이 기획에 참여한 산악인들은 캠핑자원을 활용하는 캠핑 외씨버선길, 그리고 마을을 연결하는 외씨버선 후보길 발굴에 도움을 주었다.

또한, 약선요리, 산채요리 등의 전문가를 초청하여 지역의 음식자원인 음식디미방과 외씨버선길을 연계하는 방안을 모색하여 "외씨버선 웰빙길"을 발굴하고 지역자원을 조사하여 연계전략을 수립할 수 있었다. 전문가들 외에 도시의 손님들도 영양 디미방에 모시고 가면 늘 좋아라 했다. 서경리기자는 아직도 디미방의 한잔 술을 이야기한다. 그건 술이라고 하기엔 요구르트였다.

디미방 뒷마을 한옥을 빌려 자고 일어나서 이문열 생가를 둘러보는 코스가 인기였다. 배우 김미숙씨와 정재순씨를 비롯한 광고감독, 음악감독, 기자들을 초청한 홍보행사에서는 디미방 저녁식사를 한 뒤 모두 둘러앉아 돌아가면서 조지훈의 시 승무를 낭송하는 현장 이벤트를 하게 됐다. 김판종위원은 내게 그 얘길 두고두고 언급했다. 다 큰 어른들이 시키는 대로 돌아가면서 시를 읊고 냅킨에 점수를 쓰더니 일등을 뽑고 별거 아닌 일등상을 주고받으면서 신나하더라, 그런 얘기였다. 사실 그때 한복을 빌려 입고, 한옥이 즐비한 동네를 걸어다니는 이벤트도 준비했는데, 한분이 옷이 안맞아서 불편했을 텐데도 화내지 않고 같이 잘 놀아준 고마운 밤이었다.

지역 농업자원의 활용을 위해서 농업·농산업 전문가를 초청하여 사과, 고추, 콩, 송이, 산채, 춘양목, 은어, 옥수수와 같은 지역의 대표농산물과 연계한 "외씨버선 농업경관길"을 발굴하고 지역자원을 조사하여 외씨버선길 관광자원으로 활용하도록 설계하였다. 이런 기획과 진행에 권영직, 장여진 두 분의 경북북부연구원 실무진들과 생산성본부의 김판종위원이 고생을 많이 했다. 특히 김판종위원은 서울에서 영양까지 줄곧 드나들면서 진행을 했는데, 그의 차가 낡아서 수명을 다하던 시점이어서 추가 고생도 이어졌다. 하지만 그런 일상에서 김판종위원을 눈여겨본 주민들과 탐방객들이 서로 사위 삼고 싶어 하고 챙겨주시더니 결국 그 인연으로 결혼도 하게 됐다고 들었다.

외씨버선길의 테마스토리텔링의 개발은 순례길로서의 의미를 가질 수 있도록 전체 13구간 길의 연관성을 이어가면서 개별 길마다 길의 특성, 지역자원, 역사문화자원, 마을자원 등을 종합하여 스토리로 발굴하도록 진행했다. 스토리텔링은 주민역량강화교육에 접목시켜서 주민들이 자기 지역의 외씨버선길을 관리하고 운영하는데 활용할 수 있도록 했다.

스토리텔링북의 원고는 일선기자 출신의 해외작가인 성우제씨가 참여했다. 성우제작가는 각 길의 주요 볼거리와 특징을 조사했다. 청송은 고택, 신기리 느티나무, 사양서원, 솔밭, 여러 고택들, 마을과 마을을 연결하는 길따라 옛길을 추억하고 전통문화를 체험하는 길. 주왕산, 달기약수탕, 수정사 스님 아들의 이야기 등으로 줄거리를 잡았고, 영월은 길속의 박물관, 방랑시인 김삿갓의 행적 따라 자연을 벗하며 걷는 길. 화전민촌을 지나 영월의 단종의 애환이 서린 관풍헌까지 연결되는 길로 구성했다.

봉화는 춘양 5일장 구경, 과수원 따라 문수산 둘레로 자리 잡은 마을과 마을이 통하고 춘양목 솔향기가 나는 길. 보부상이 다니던 길을 걷고 이들이 마신 약수터를 지나며 일제가 수탈해간 춘양목의 원고향 춘양을 거쳐 춘양장터를 지나 보부상이 등짐을 지고 걷던 옛길을 복원한 길로 잡았으며, 영양은 일제시대 광산의 선광장을 살리고 31번 옛국도길을 살려 마을이 먹고사는 대티골 치유의 숲길부터, 오일도 시인과 조지훈, 이문열 작가의 고향마을. 340년전 한국 최초 음식조리서를 기록한 두들마을 안동장씨 정부인과 그의 요리법을 복원한 음식디미방, 영양 전통시장에서 장날의 왁자지껄함을 맛볼 수 있는 길로 이끌어 갔다.

길을 주민참여형으로 조성하는 데에는 몇 가지 지키고자 하는 기준을 설정했다. 그것은, 주민들이 등교길, 장보러 다니던 길을 중심으로 조성한다는 것과, 지역주민이 운영관리의 실제적 주체로서의 공동체 비즈니스를 구축하도록 노력함으로써 길에 대한 주인의식을 고취하는 것, 포크레인과 같은 기계를 도입하지 않고 소도구를 활용하여 직접 길을 조성함으로써 인간적이고 친환경적인 길을 조성하는 것과 농한기 지역주민 소득창출 및 고용창출에 이바지 하자는 것이었다.

주민참여형으로 이뤄지는 조성사업에서 사업단이 지켜가야 할 지침으로는, 길 정비 참여자는 구간에 거주하는 주민이 참여하도록 한다, 길의 폭은 가능한 1m를 넘지 않도록 한다, 길 가장자리의 관목, 초본류 등의 번성에 의해 이용하는 것이 협소할 경우, 이용의 편의와 자연보호를 함께 고려하여 결정한다, 경사진 길은 걷기에 지장이 없도록 수평으로 작업한다, 작업시 나오는 돌은 주변 환경에 지장이 되지 않도록 모아두거나 길 정비에 활용하고, 통행을 막는 나뭇가지는 나무의 성장을 고려하여 가지치기 작업을 한다, 그리고 길속에 관목이 있으면 자르지 말고 길을 우회하는 방법을 택한다는 것이다. 사업단은 이러한 제반 내용을 담아 외씨버선길 길관리 가이드북을 제작하고 안내지도를 만들어 배포하였다.

돌이켜보면, 결국 외씨버선길은 사람들이 만들어내고 지켜가고 있다. 전국에서 사람들이 찾아오고 마음과 손을 보탠 걸 곳곳에서 보고 느낄 수 있다. 청송 심부자댁인 송소고택으로 탐방객 숙소를 잡았을 때 청송 군수님이 오셔서 환대해 주셨다, 그때 한 가지 알려주신 게 기억난다. 집안의 어른은 아침 일찍 일어나서 대문을 열어 젖히는데 그 열리는 소리가 우렁차야 한다고 하셨다. 군수님 말씀대로 대문을 열어보니 삐이꺼덕 하고 큰 소리가 났다. 반면 안채로 들어가는 문은 조용히 열린다. 그 비밀은 대문 기둥에 쇳조각으로 박아놓은 쩌귀였다. 그것이 문짝을 밀 때 우렁찬 소리가 나도록 하는 역할을 하는 것이었다. 외씨버선길이 조성되고 유지되는 데에도 열어젖히는 힘찬 대문의 역할과 조용히 문을 여닫게 하는 안대문의 역할이 모두 필요했다.

영월 박물관 투어에 가서 일행은 층층이 둘러보느라 바쁠 때 나는 전에도 와봤다는 핑계로 기념품코너에서 밍기적거리고 있었더니 박물관 주인이 다가와 생 표고를 내밀었다. 그냥 먹으라 하셔서 생전처음 날것으로 먹었다. 요리하지 않은 표고버섯의 향에 반한 순간이다. 주민교육을 마치고 서울로 돌아오던 어느 날 정혜선박사님과 나는 의기투합해서 지역공판장에 차를 세웠다. 사과와 몇 가지 특산물을 사고 돈을 내면서 구매자 주제에 우리는 이렇게 싸게 파시면 안돼요 라고 말하고 말았다. 일을 하면서 곳곳에서 만난 지역민들이 우리에게 힘을 주는 역할을 해주고 있었다.

주민교육은 지역전문가 연결로 진행되기도 하지만, 도시소비자에 대한 이해와 소통부분은 서울분들을 BY2C로 모시고 가서 진행하게 된다. 그러려면 강사분은 전날 내려가서서 준비해서 강의에 임하지만 진행자들 중에는 새벽이동을 감행하게 되는 적도 많다. 위자매가 진행을 맡게 되면 새벽에 태워서 내려갔다. 교육이 끝나고 나면 대개 저녁식사를 거르고 열심히 돌아오게 되는데 어쩌다가 주민교육생이 무슨 소리냐 밥은 먹고 가야지하고 잡으시면 식사 후 출발하게 되고 그러면, 자정에나 집에 도착한다. 그런 날에는 밤 열두시에 조용히 방배동 아파트 주차장에 사과박스와 함께 위자매를 내려주고, 이쁜 두 딸의 아버님이 내려오시기 전에 후다닥 출발했다. 두 따님을 믿고 보내주신 데 대해 감사. 제주올레 안은주 국장께서도 비행기와 여러 교통수단을 갈아타 가면서 제주부터 BY2C까지 와주셨다. 제주올레를 관리하고 운영하는 귀한 경험들을 아낌없이 주민들과 나눴다.

사실 난 외씨버선길 조성사업에는 초기부터 참여했지만 13개 코스를 다 걸어보진 못했다. 대신 외씨버선길 걷기는 남편이 했고 나는 길 아래 마을에서 일을 했다. 새벽부터 같이 차로 내려오다가 어느 외씨버선길 한 자락에 내려주면 걷고 또 걸어서 나중에 내가 일하고 있는 곳으로 왔다. 나는 길의 현황을 그로부터 들어서 참고하는 방식이었던 셈이다. 영양의 고택을 예약하고 남편과 내려갔던 일이 기억난다. 동 트기 전에 후다닥 나와서 밤이 늦어야 귀가하던 날들이 미안해서 나름 작심하고 갔던 거였는데 막상 그 커다란 대문에 도착한건 밤이 꽤 이슥해서였다. 도시와 달리 불빛이 귀한 그 대문 앞에 차를 세우고 문을 두드리려니 엄두가 나질 않았다. 도시 불빛에 익숙한 우리는 결국 그 앞에서 한참을 서성대다가 영양시내 다른 숙소로 가서 잤다.

기억을 좀더 살려 먼 곳을 달려와 주신 외지분들을 더 챙겨봐야 하겠지만 너무 길어져서 신경이 쓰인다. 나이가 들면 다른 분들이 얘기하는 걸 기다리지 못하고 중간에 툭 끼어들게 된다지 않는가. 내가 정작 말하려던 것들을 잊을까 그리 한다고 한다. 나도 이제 외씨버선길 조성 첫해보다 열 살이나 더 먹은 셈이어서 BY2C의 네 분 군수님들께 미처 감사드리지 못하고 마무리지을까봐 걱정이 되는 순간이 되었다. 군수님들의 관심과 지지는 큰 대들보로 느껴진다. 군수님들이 적극적으로 도와주시는 걸 보고 4개 군이 한 마음 한 뜻이 되어 긴 세월을 외씨버선길에 담을 수 있었다. 그분들의 크고 든든한 기반 위에 지역전문가분들이 곳곳에서 도와주셔서 외씨버선길이 잘 관리되고 운영된다고 생각했다. 물론, 시작을 도와주신 대한산악연맹 이인정회장님과 10년 내내 꼼꼼하게 도와주신 경북북부연구원 정해걸이사장님을 생각하면 가슴 먹먹한 감사의 마음이 가득해진다.

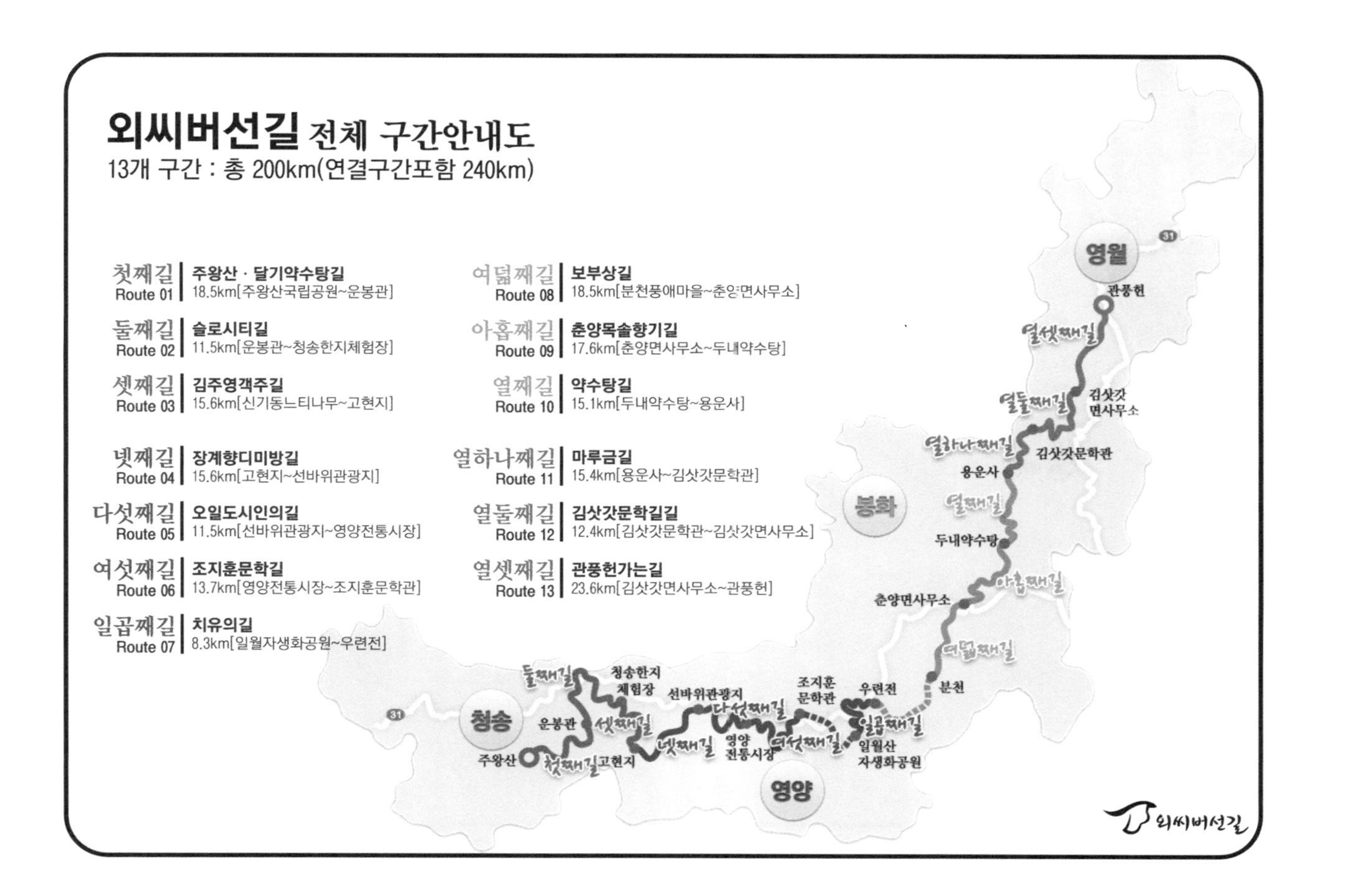
외씨버선길 전체 구간안내도
13개 구간 : 총 200km(연결구간포함 240km)
첫째길 Route 01 | 주왕산 · 달기약수탕길 18.5km[주왕산국립공원~운봉관]
둘째길 Route 02 | 슬로시티길 11.5km[운봉관~청송한지체험장]
셋째길 Route 03 | 김주영객주길 15.6km[신기동느티나무~고현지]
넷째길 Route 04 | 장계향디미방길 15.6km[고현지~선바위관광지]
다섯째길 Route 05 | 오일도시인의길 11.5km[선바위관광지~영양전통시장]
여섯째길 Route 06 | 조지훈문학길 13.7km[영양전통시장~조지훈문학관]
일곱째길 Route 07 | 치유의길 8.3km[일월자생화공원~우련전]
여덟째길 Route 08 | 보부상길 18.5km[분천풍애마을~춘양면사무소]
아홉째길 Route 09 | 춘양목솔향기길 17.6km[춘양면사무소~두내약수탕]
열째길 Route 10 | 약수탕길 15.1km[두내약수탕~용운사]
열하나째길 Route 11 | 마루금길 15.4km[용운사~김삿갓문학관]
열둘째길 Route 12 | 김삿갓문학길길 12.4km[김삿갓문학관~김삿갓면사무소]
열셋째길 Route 13 | 관풍헌가는길 23.6km[김삿갓면사무소~관풍헌]
영월
관풍헌
열셋째길
김삿갓
면사무소
열둘째길
김삿갓문학관
열하나째길
용운사
봉화
열째길
두내약수탕
아홉째길
춘양면사무소
여덟째길
분천
우련전
일곱째길
일월산
자생화공원
조지훈
문학관
여섯째길
다섯째길
선바위관광지
영양
전통시장
영양
넷째길
셋째길
청송한지
체험장
둘째길
운봉관
청송
주왕산
첫째길
고현지
31
외씨버선길

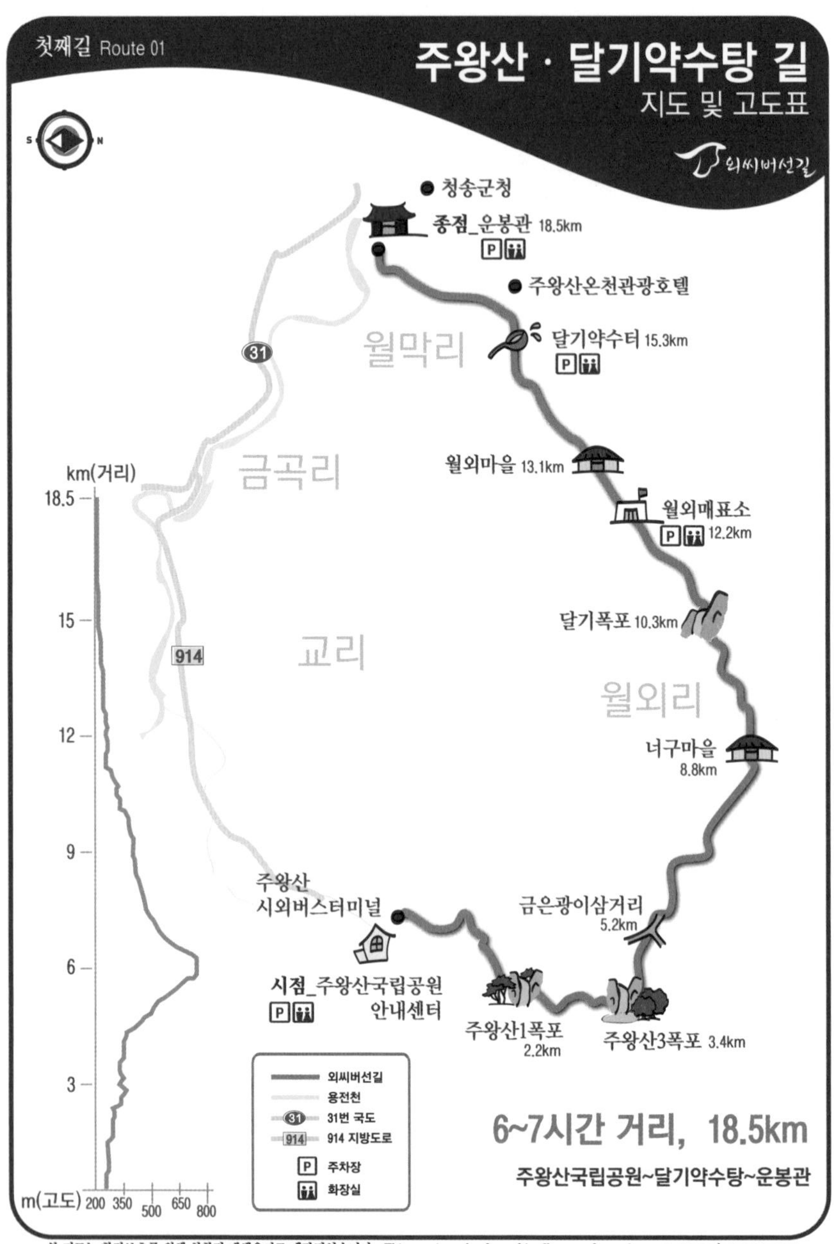
첫째길 Route 01
주왕산 · 달기약수탕 길
지도 및 고도표
외씨버선길
S
N
청송군청
종점_운봉관 18.5km
주왕산온천관광호텔
달기약수터 15.3km
월막리
31
금곡리
월외마을 13.1km
월외매표소 12.2km
달기폭포 10.3km
914
교리
월외리
너구마을 8.8km
주왕산 시외버스터미널
금은광이삼거리 5.2km
시점_주왕산국립공원 안내센터
주왕산1폭포 2.2km
주왕산3폭포 3.4km
km(거리)
18.5
15
12
9
6
3
m(고도) 200 350 500 650 800
외씨버선길
용전천
31번 국도
914 지방도로
주차장
화장실
6~7시간 거리, 18.5km
주왕산국립공원~달기약수탕~운봉관
본 지도는 환경보호를 위해 친환경 재생용지로 제작되었습니다. This map is made of eco-friendly paper for enviroment. www.beosun.com

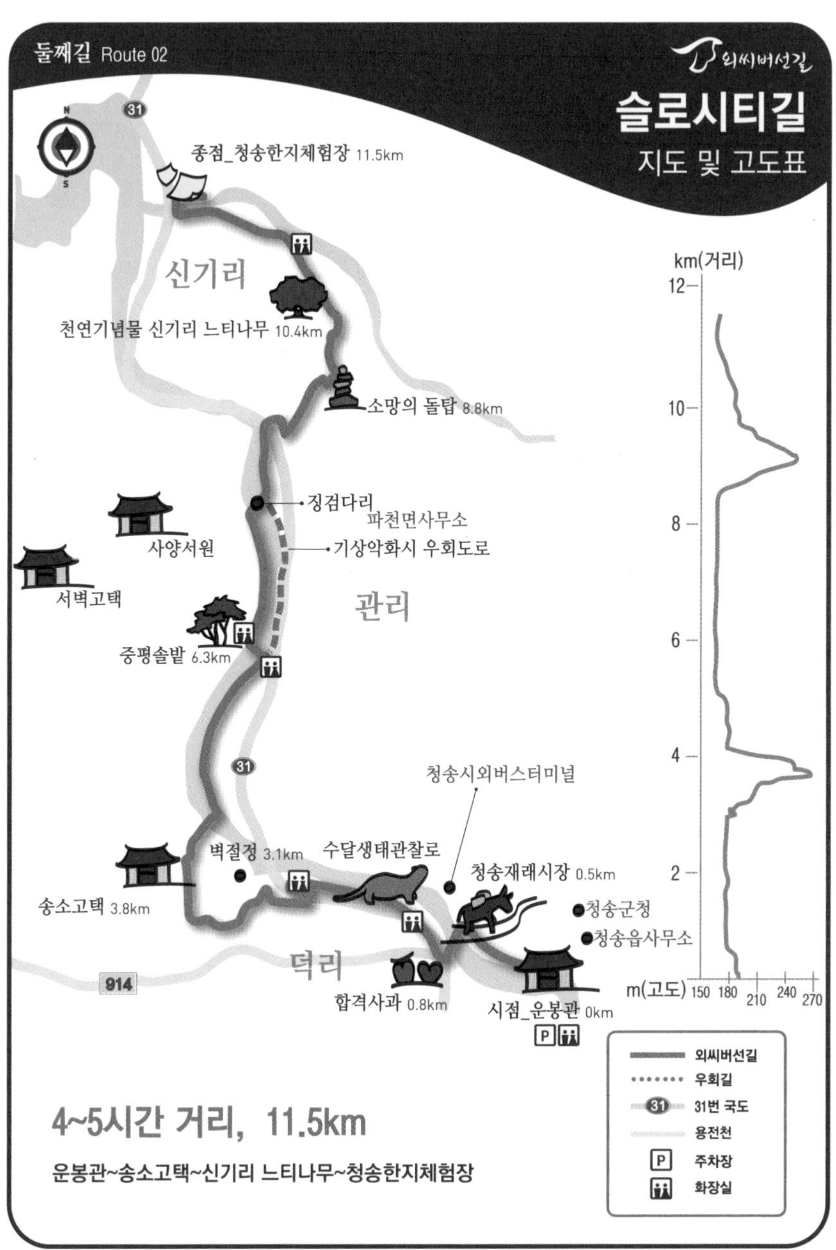

본 지도는 환경보호를 위해 친환경 재생용지로 제작되었습니다. This map is made of eco-friendly paper for enviroment. www.beosun.com

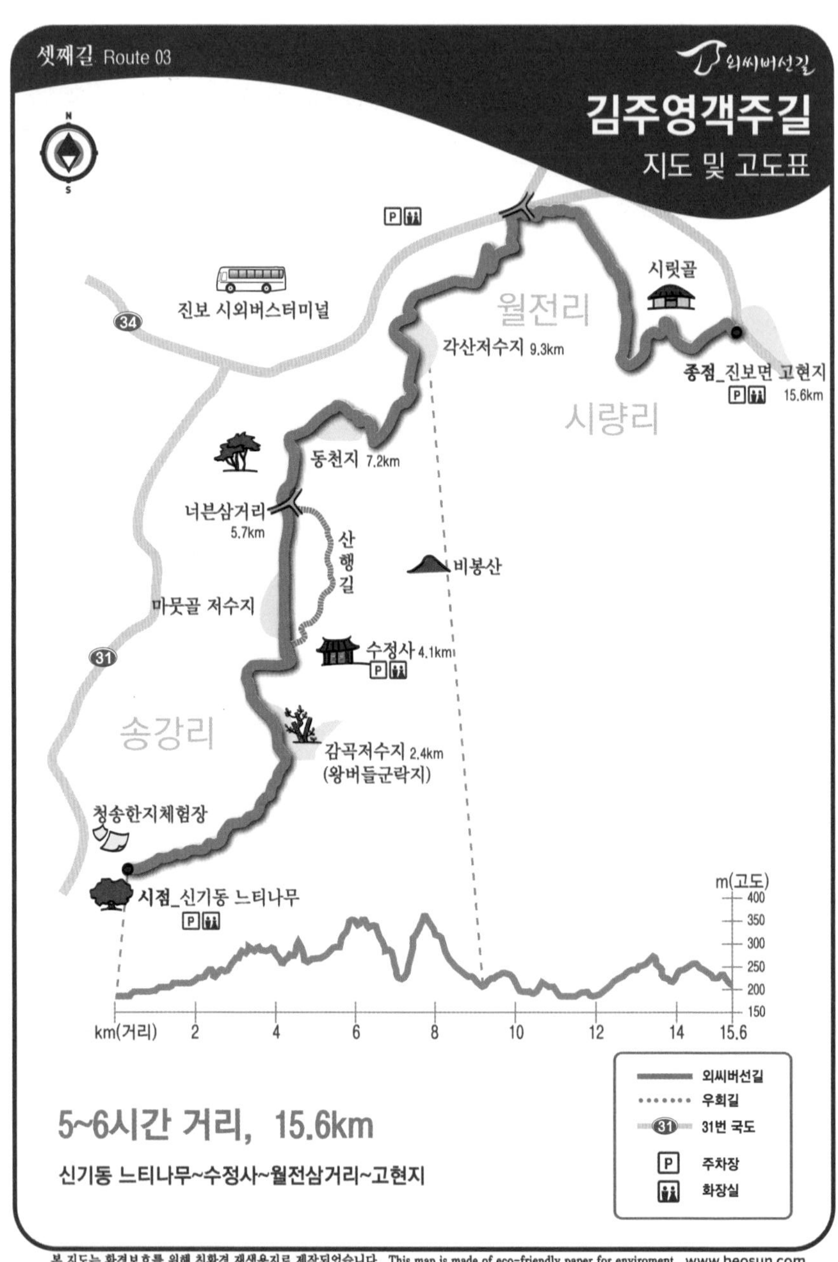

본 지도는 환경보호를 위해 친환경 재생용지로 제작되었습니다. This map is made of eco-friendly paper for enviroment. www.beosun.com

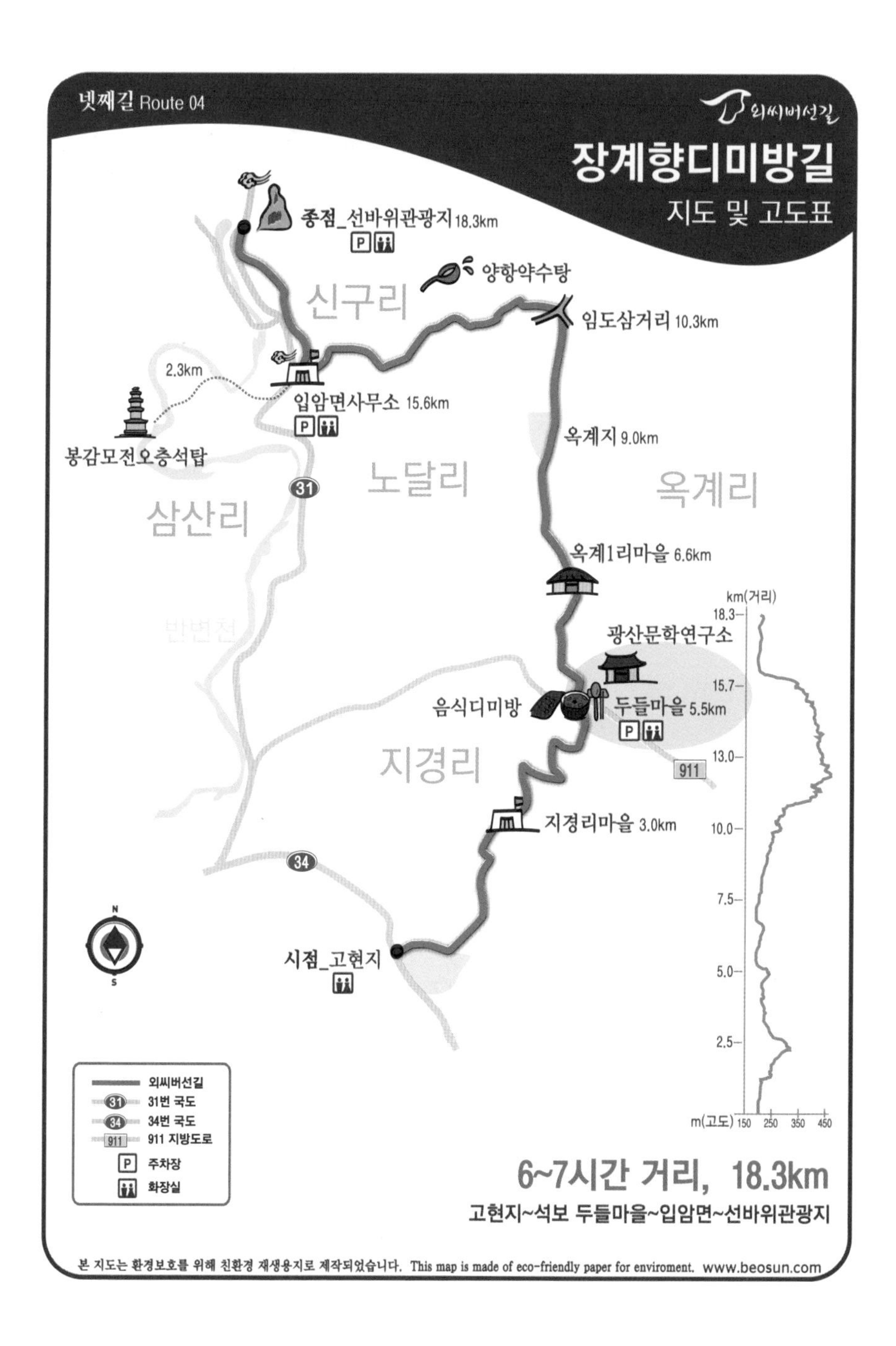
넷째길 Route 04
외씨버선길
장계향디미방길
지도 및 고도표
종점_선바위관광지 18.3km
양항약수탕
신구리
임도삼거리 10.3km
2.3km
입암면사무소 15.6km
봉감모전오층석탑
옥계지 9.0km
31
노달리
옥계리
삼산리
옥계1리마을 6.6km
광산문학연구소
음식디미방
두들마을 5.5km
지경리
911
지경리마을 3.0km
34
시점_고현지
km(거리)
18.3
15.7
13.0
10.0
7.5
5.0
2.5
m(고도) 150 250 350 450
외씨버선길
31번 국도
34번 국도
911 지방도로
주차장
화장실
6~7시간 거리, 18.3km
고현지~석보 두들마을~입암면~선바위관광지
본 지도는 환경보호를 위해 친환경 재생용지로 제작되었습니다. This map is made of eco-friendly paper for enviroment. www.beosun.com

본 지도는 환경보호를 위해 친환경 재생용지로 제작되었습니다.

www.beosun.com

본 지도는 환경보호를 위해 친환경 재생용지로 제작되었습니다.

www.beosun.com

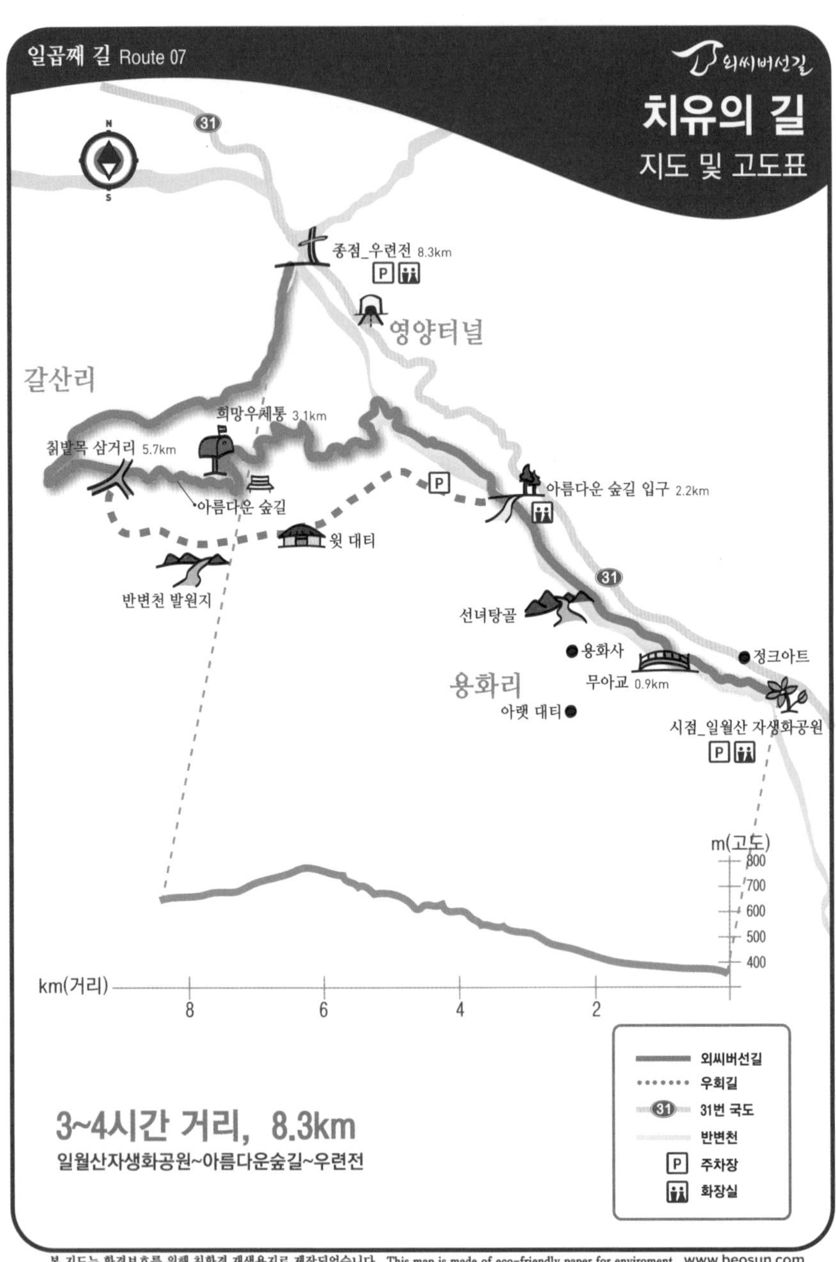

본 지도는 환경보호를 위해 친환경 재생용지로 제작되었습니다. This map is made of eco-friendly paper for enviroment. www.beosun.com

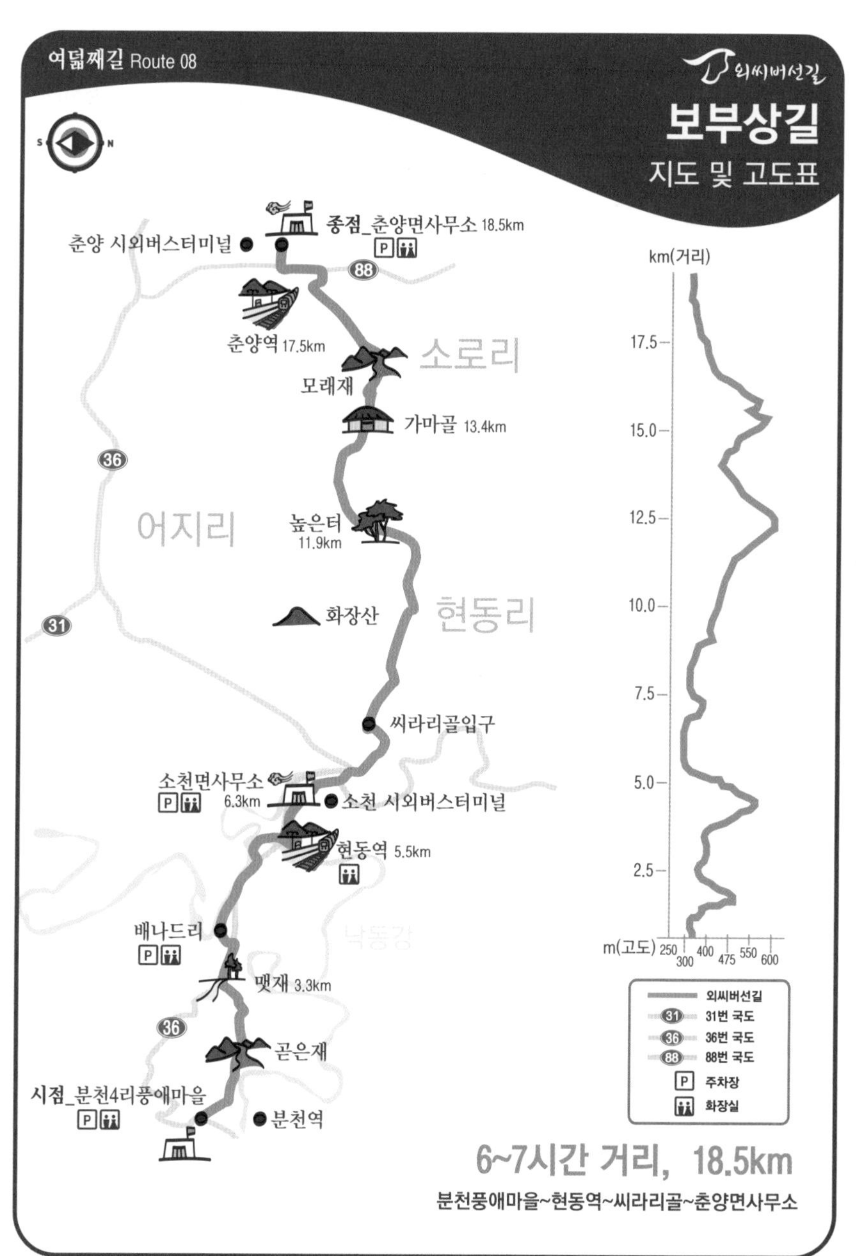

본 지도는 환경보호를 위해 친환경 재생용지로 제작되었습니다. This map is made of eco-friendly paper for enviroment. www.beosun.com

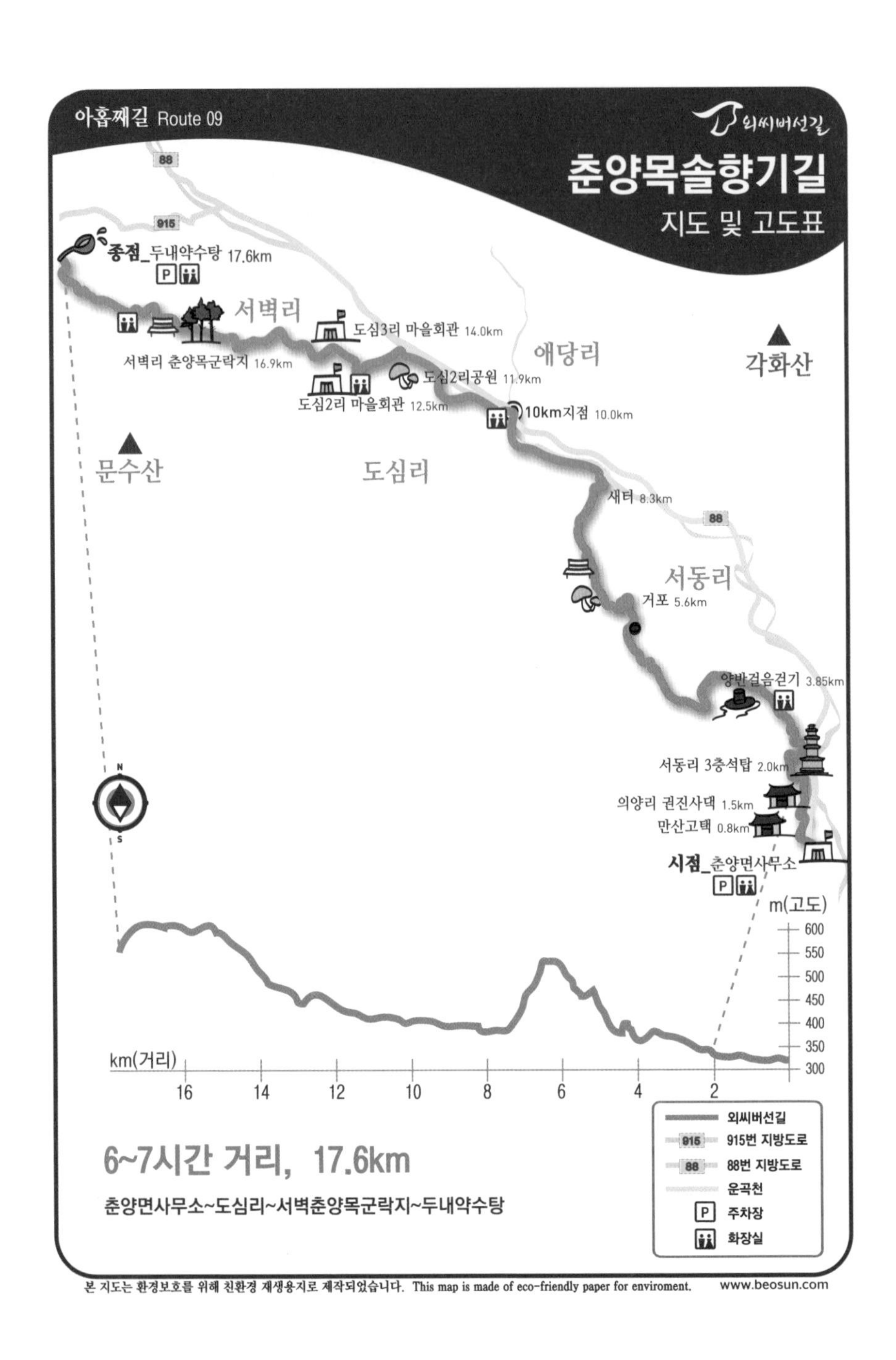

본 지도는 환경보호를 위해 친환경 재생용지로 제작되었습니다. This map is made of eco-friendly paper for enviroment. www.beosun.com

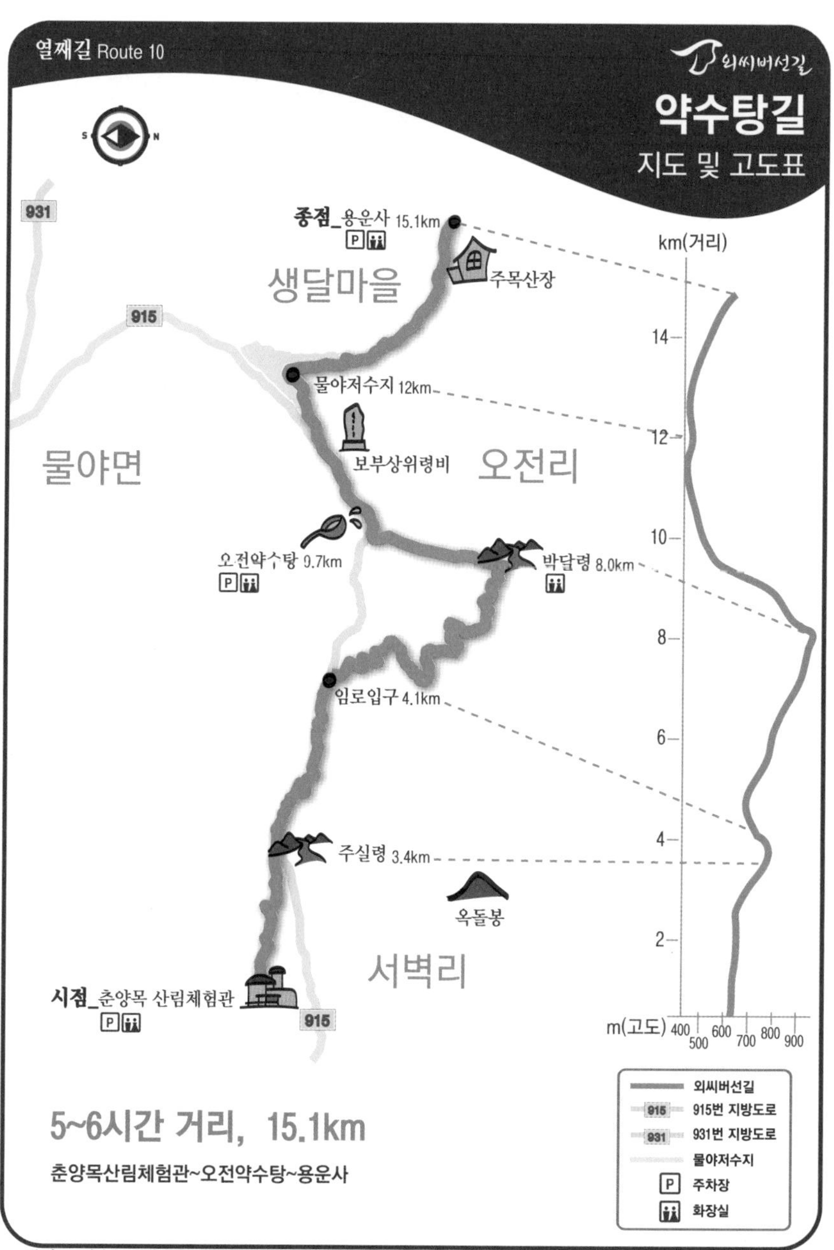

열째길 Route 10
외씨버선길
약수탕길
지도 및 고도표
S
N
931
915
종점_용운사 15.1km
주목산장
생달마을
물야저수지 12km
물야면
보부상위령비
오전리
오전약수탕 9.7km
박달령 8.0km
임로입구 4.1km
주실령 3.4km
옥돌봉
서벽리
시점_춘양목 산림체험관
km(거리)
14
12
10
8
6
4
2
m(고도)
400
500
600
700
800
900
외씨버선길
915번 지방도로
931번 지방도로
물야저수지
주차장
화장실
5~6시간 거리, 15.1km
춘양목산림체험관~오전약수탕~용운사
본 지도는 환경보호를 위해 친환경 재생용지로 제작되었습니다. This map is made of eco-friendly paper for enviroment.
www.beosun.com

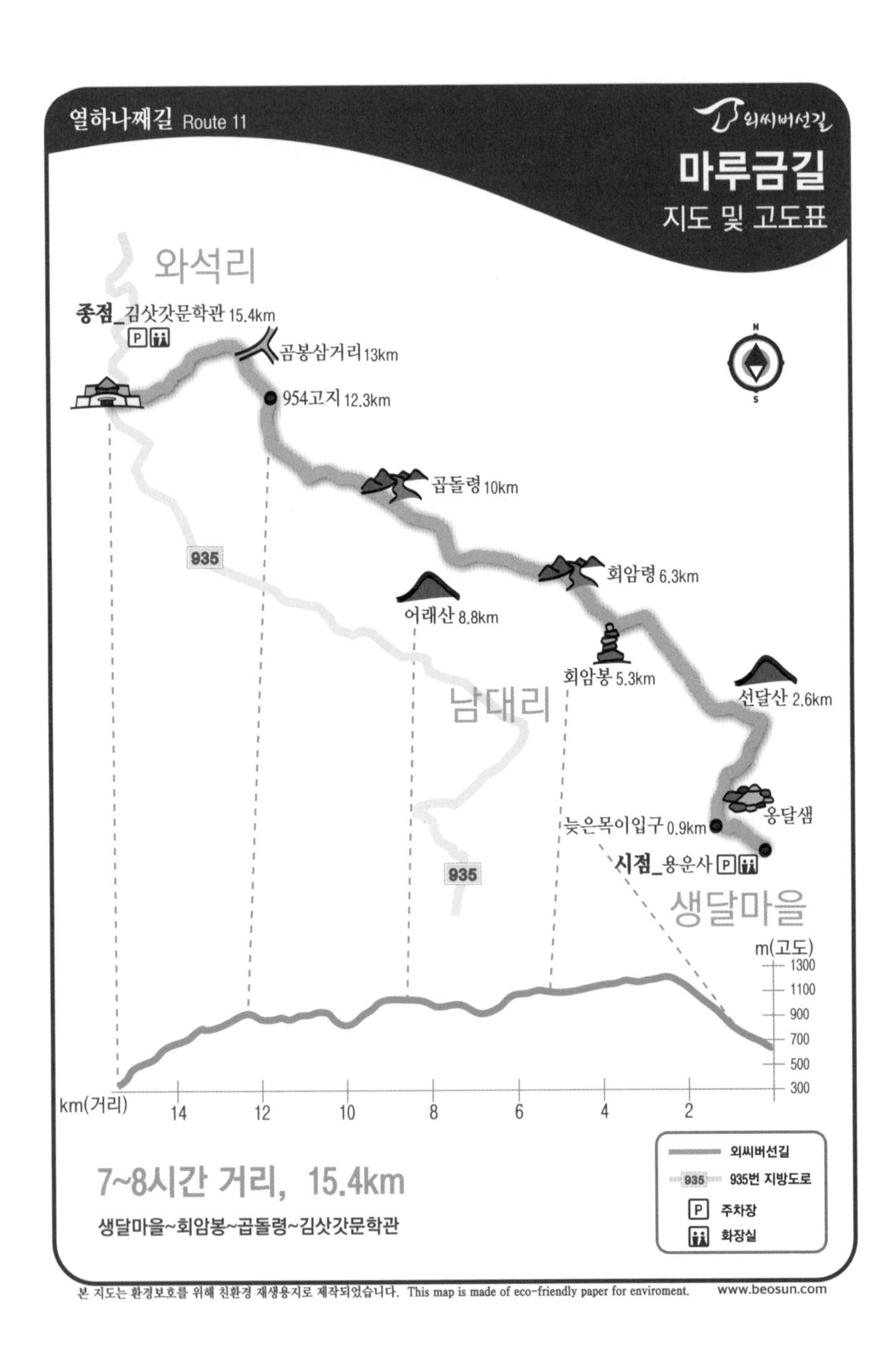
열하나째길 Route 11
외씨버선길
마루금길
지도 및 고도표
와석리
종점_김삿갓문학관 15.4km
곰봉삼거리 13km
954고지 12.3km
곱돌령 10km
935
회암령 6.3km
어래산 8.8km
회암봉 5.3km
선달산 2.6km
남대리
옹달샘
늦은목이입구 0.9km
시점_용운사
935
생달마을
m(고도)
1300
1100
900
700
500
300
km(거리)
14
12
10
8
6
4
2
7~8시간 거리, 15.4km
생달마을~회암봉~곱돌령~김삿갓문학관
외씨버선길
935번 지방도로
주차장
화장실
본 지도는 환경보호를 위해 친환경 재생용지로 제작되었습니다. This map is made of eco-friendly paper for enviroment.
www.beosun.com

열둘째길 Route 12
외씨버선길
김삿갓문학길
지도 및 고도표
예밀리
가랭이봉 등산로 입구
예밀교
와석송어장
메기못 8.3km
종점_김삿갓면사무소 12.4km
곡동교 7.2km
와석1리 마을회관
옥동리
묵산미술박물관 6.1km
김삿갓주막거리
김삿갓계곡
꽃비농원 4.1km
와석리
조선민화박물관 2.3km
마대산
김삿갓 생가
김삿갓 묘
시점_김삿갓문학관
m(고도)
450
400
350
300
250
km(거리)
12
10
8
6
4
2
4~5시간 거리, 12.4km
김삿갓문학관~김삿갓계곡~와석리~김삿갓면사무소
외씨버선길
김삿갓계곡
주차장
화장실
본 지도는 환경보호를 위해 친환경 재생용지로 제작되었습니다. This map is made of eco-friendly paper for enviroment.
www.beosun.com

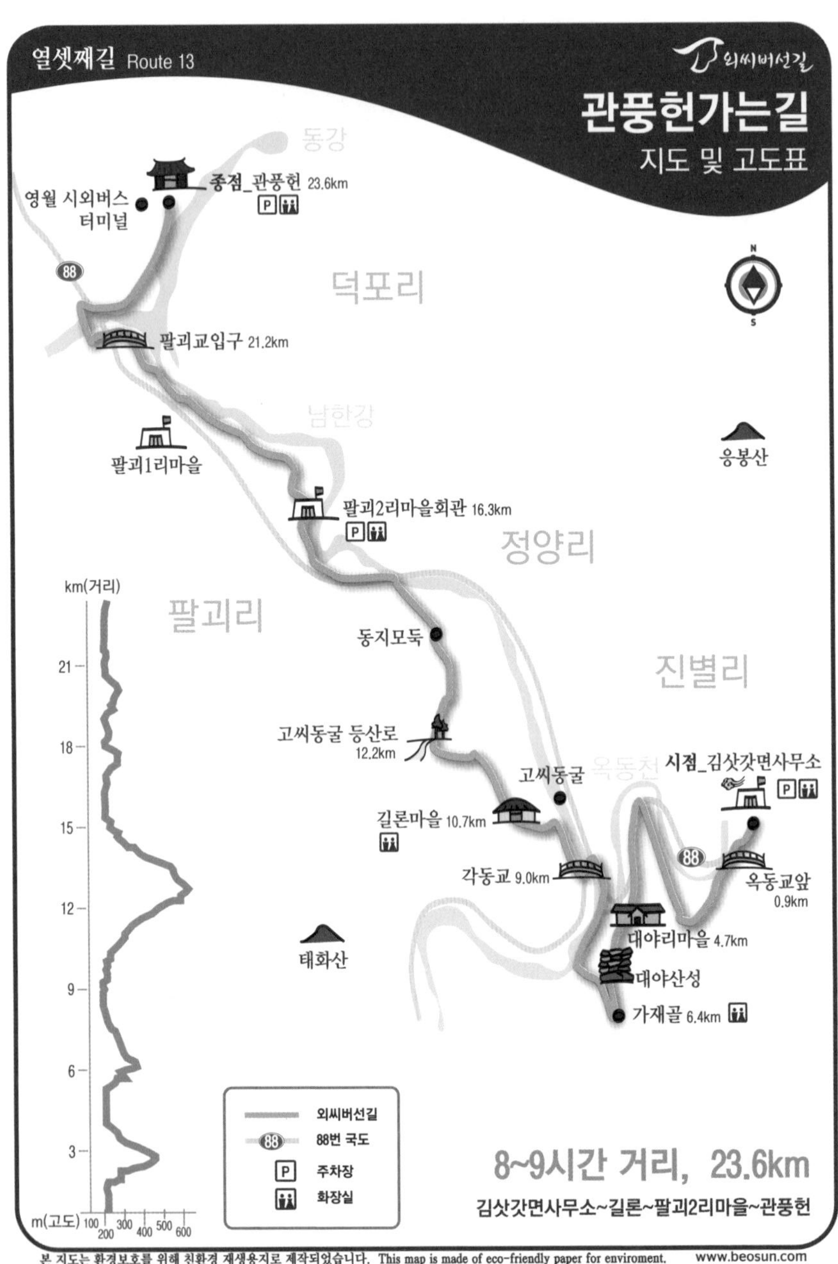

열셋째길 Route 13
외씨버선길
관풍헌가는길
지도 및 고도표
동강
종점_관풍헌 23.6km
영월 시외버스 터미널
88
덕포리
팔괴교입구 21.2km
남한강
팔괴1리마을
응봉산
팔괴2리마을회관 16.3km
정양리
km(거리)
팔괴리
동지모둑
진별리
21
고씨동굴 등산로 12.2km
18
고씨동굴
옥동천
시점_김삿갓면사무소
길론마을 10.7km
15
88
각동교 9.0km
옥동교앞 0.9km
12
대야리마을 4.7km
태화산
대야산성
9
가재골 6.4km
6
외씨버선길
88번 국도
주차장
3
화장실
8~9시간 거리, 23.6km
김삿갓면사무소~길론~팔괴2리마을~관풍헌
m(고도) 100 200 300 400 500 600
본 지도는 환경보호를 위해 친환경 재생용지로 제작되었습니다. This map is made of eco-friendly paper for enviroment.
www.beosun.com

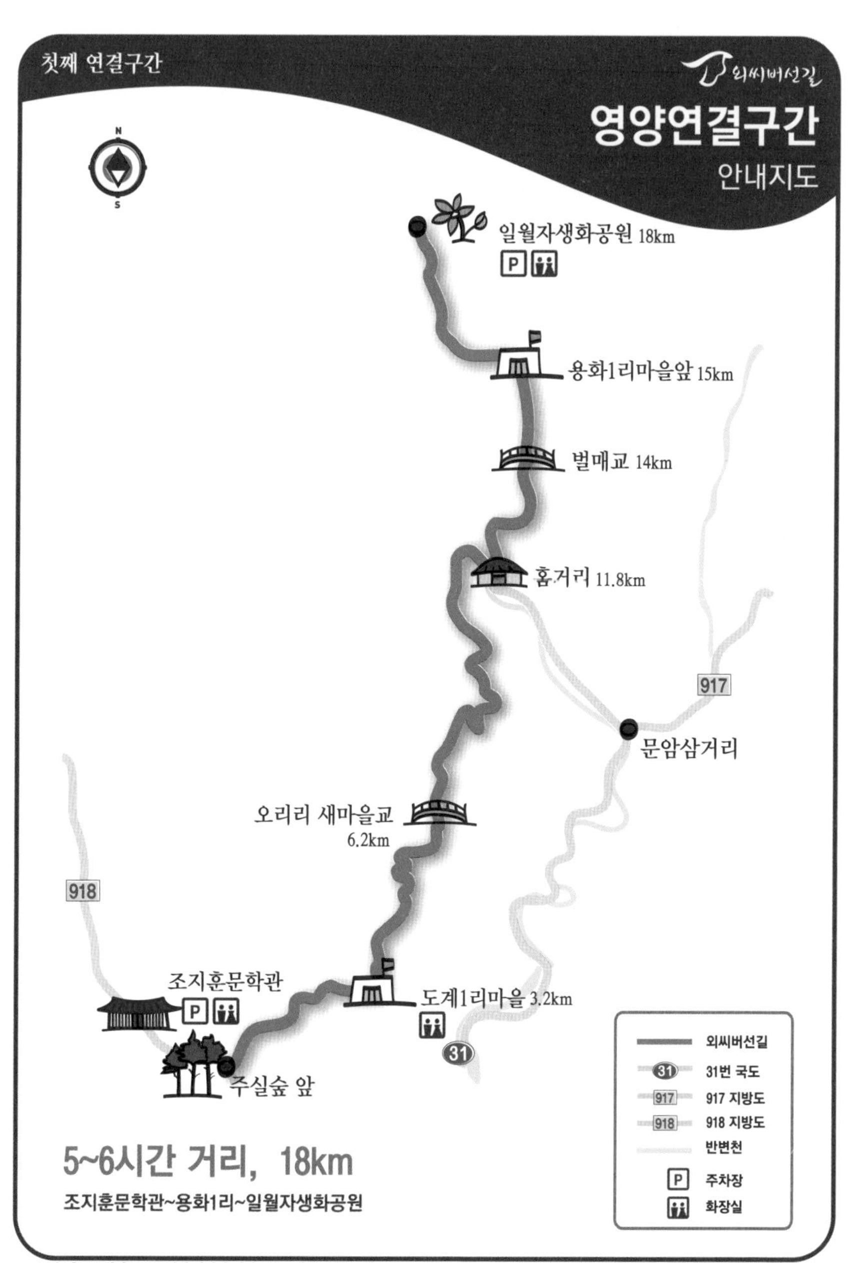

본 지도는 환경보호를 위해 친환경 재생용지로 제작되었습니다. This map is made of eco-friendly paper for enviroment. www.beosun.com

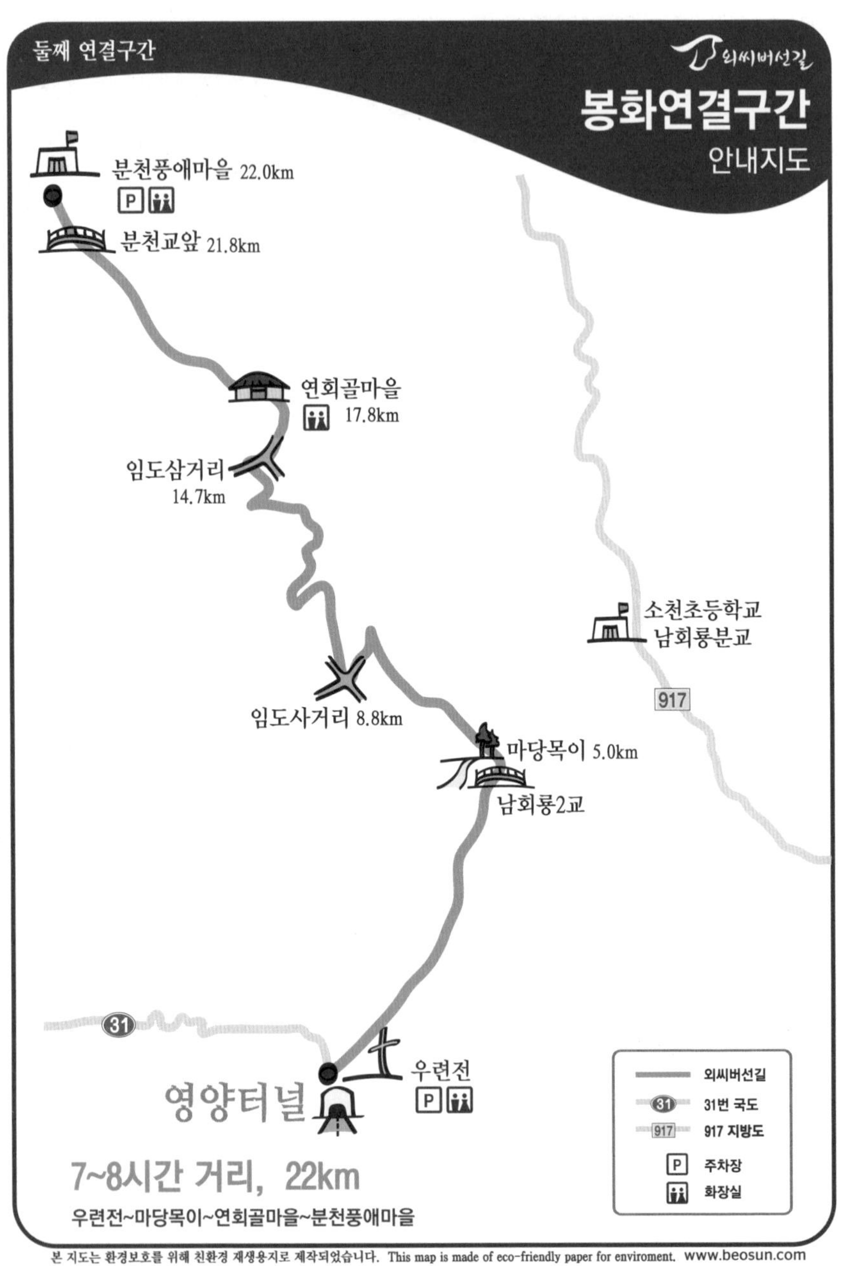
둘째 연결구간
외씨버선길
봉화연결구간
안내지도
분천풍애마을 22.0km
분천교앞 21.8km
연회골마을
17.8km
임도삼거리
14.7km
소천초등학교
남회룡분교
917
임도사거리 8.8km
마당목이 5.0km
남회룡2교
31
우련전
영양터널
7~8시간 거리, 22km
우련전~마당목이~연회골마을~분천풍애마을
외씨버선길
31번 국도
917 지방도
주차장
화장실
본 지도는 환경보호를 위해 친환경 재생용지로 제작되었습니다. This map is made of eco-friendly paper for enviroment. www.beosun.com

김현대

김현대는 경제부·사회부 기자, 출판국장, 전략기획실장을 거쳐 현재 한겨레신문 대표이사로 활동하고 있음. 한국농업기자포럼과 사회적경제언론인포럼을 설립하여 초대대표직을 역임함. 〈협동조합, 참 좋다〉의 공저자이며, 〈진보의 힘〉, 〈내 인생을 바꾸는 대학〉을 번역하였고, 〈협동조합으로 기업하라〉의 번역 감수를 맡았음. 대통령상과 국제앰네스티언론상을 수상함.

권오상

행정학박사, 경북대 교수인 권오상은 지역발전위원회 광역경제권특위 위원을 역임했으며, 농림수산식품부 신활력사업 자문위원으로 활동하고 있음. (사)경북북부연구원 원장 재임 시 국가균형발전사업의 일환으로 경북 3개군과 강원1개군의 연계협력사업인 외씨버선길 조성사업을 기획하여 완료 시까지 6년간 전 과정을 주관하여 진행함. 대통령상, 국가균형발전위원회 위원장상 등을 수상함.

성우제

작가 성우제는 2002년부터 캐나다 토론토에 살고 있음. 전 〈시사저널〉 기자. 〈시사IN〉 편집위원. 외씨버선길과 제주올레길을 걷고 쓴 종주기 〈외씨버선길〉, 〈폭삭 속았수다〉, 〈커피머니메이커〉, 〈느리게 가는 버스〉 등의 저자이며, 〈정보화 시대를 향한 대중음악〉의 공저자임. 한국의 일간지와 시사주간지 등에 기고 중이며, 재외동포문학상 소설 부문 대상, 산문 부문 우수상을 수상함.

이정희

안동MBC 기자인 이정희는 2010년 세계유교문화축전을 기획하고 다음 해 세계유교문화재단의 사무국장으로 파견되어 활동함. 현재 경북 도시재생위원회와 저출생극복위원회 및 사회적경제위원회 위원을 역임하고 있음. 방송통신위원회(옛 방송위원회) 이달의 좋은 프로그램상, 한국기자협회 이달의 기자상, MBC 특종상, 방송기자연합회 이달의 방송기자상 등을 수상함.

송우경

도시계획학 박사, 산업연구원 대외협력실장인 송우경은 지역균형발전 및 지역 산업정책의 전문가이며, 대통령표창과 행정안전부장관 표창을 수상함. 〈광역경제권 연계협력사업의 실태와 활성화 방안 연구〉, 〈지역발전사업 편람〉, 〈지역발전과 광역경제권 전략〉 등 다수의 공저자로 활동하였으며, 〈중국 광역발전계획〉, 〈프랑스 광역발전계획〉, 〈OECD 국가의 지역발전정책 동향과 사례〉의 번역에도 참여하였음.

이현숙

한겨레신문 섹션서울부 선임기자인 이현숙은 한겨레경제연구소 소장 재임 시 사회적 경제와 지방자치에 관심을 가지고 연구, 취재, 확산 관련 활동을 진행함. 〈사회적경제 참 좋다!〉, 〈사회적기업을 어떻게 혁신할 것인가〉, 〈시민이 행복한 사회적경제〉, 〈사회적기업을 어떻게 경영할 것인가〉, 〈기업의 진화〉, 〈새로운 미래, 사회적기업〉 등에 공저자로 활동하였음.

김용문

지식공방하우 협동조합 이사장 및 공동대표인 김용문은 대통령직속 국가균형발전위원회 지역혁신 및 개발국장, 대덕 연구개발특구 기획단장, 한국농어촌공사 농촌활력 사업본부장을 역임하였음. 공공기관 경영평가단 평가위원과 대통령직속 국가균형발전위원회, 국가균형발전교육원 부원장, 서강대학교 기술경영전문대학원 겸임교수와 국가혁신클러스터사업 자문단장으로 활동하고 있음.

김순주

숲해설가, 등산강사, 공인중개사인 김순주는 로부체, 에베레스트, 매킨리, 킬리만자로, 엘부르즈, 아콩카과를 등정하고, 임자체, 에베레스트 북동릉을 등반함. 인도~아프리카를 50일간 여행하고 일본 다테야마, 존뮤어트레일을 종주함. 외씨버선길 탐사팀장으로 재임하면서 자연을 훼손시키지 않고 사라진 길의 자취를 찾아 복원하는 방식으로 진행함. 93년 5대륙 최고봉 등정으로 국민훈장 기린장을 수상.

이근미

소설가 이근미는 장편소설 〈17세〉, 〈서른아홉 아빠애인 열다섯 아빠딸〉, 〈어쩌면 후르츠 캔디〉, 〈나의 아름다운 첫 학기〉등의 저자이며, 비소설 부문에서는 〈+1%로 승부하라〉, 〈프리랜서처럼 일하라〉, 〈대한민국 최고들은 왜 잘하는 것에 미쳤을까〉 등을 출간함. 현재 루트리북코치 대표, 월간조선.topclass 객원기자 및 〈국회도서관〉, 〈서초소식〉의 편집위원임.

권영직

권영직은 (사)경북북부연구원 사무국장으로 외씨버선길 조성에 참여함. 신승호 홍보팀장과 함께 외씨버선길이 의미 있는 길로 조성되도록 길에 담긴 이야기를 발굴하고 그 스토리를 이미지화하여 전달하려고 노력함. 장여진 팀원과 협력하여 지역주민들의 외씨버선길 조성사업에 참여를 독려하고 지원함. 현재 (재)영양축제관광재단 사무팀장으로 일하고 있는 영양군민임.

임현승

아트토이 작가인 임현승은 트웰브닷의 대표로 뜻밖의 곳에서 아름다움을 포착하여 유려한 곡선, 단순 명료한 형태로 표현하는 작업을 하고 있음. 양서류를 새로운 시각으로 바라보게 하는 Apocalypse Frogs, Boundary Issues, APO Frogs 시리즈와 춤의 역동적인 느낌을 고정된 형태에 담은 Performance, 지나치기 쉬운 문제를 재조명하는 Roadkill 등의 다양한 작업을 통해 전 세계 토이 아티스트를 대상으로 하는 Designer Toy Awards의 Break-Through Artist상을 수상함.

안은주

(사)제주올레 상임이사인 안은주는 제주올레길을 개척하고 유지 관리하며 올레길 마니아들을 위한 올레아카데미, 제주올레 여행자센터 등을 운영함. 〈인도에는 왜 갔어〉의 저자이며, 〈기자로 산다는 것〉과 〈한국사회, 삼성을 묻는다〉, 〈따뜻한 기술〉의 공저자임. 제주특별자치도 생태관광육성위원, 사회적경제센터 운영위원 및 DMZ 평화의 길 국민디자인단 위원으로 활동하고 있음.

차종순

차종순은 한지공예전문가로 2010년 서울에서 열린 "G20정상회의" 회의장 한지와 한지등 인테리어, 유엔사무총장 관사 한지 인테리어, 뉴욕 한국총영사관 등 10여개 한국 공관 한지 인테리어를 디자인 및 감독하여 한지의 세계화에 기여하였으며, 외씨버선길 영양 객주의 한지 & 한지등 인테리어를 디자인 및 시공함. 현재 예원예술대학교 대학원장으로 재직 중임.

허영숙

경제학박사, 전문코치, 현재 (사)HUB-N대표이며 ㈜인코칭의 파트너코치인 허영숙은 한국생산성본부 재직 시 외씨버선길 조성 계획 및 주민교육에 참여함. 국가직무능력표준, 소비자중심경영 인증, 가족친화경영 기업인증 심의위원이며, 〈핸드백 속 스니커즈〉, 〈시니어 소통〉, 〈창직가이드북〉, 〈리더스 커뮤니케이션〉 등에 공저자로 활동. 고용노동부 장관상과 공정거래위원장상을 수상하였음.

외씨버선길, 10년

초판 1쇄 발행 2020년 11월 27일

지은이 경북북부연구원
발행처 예미
발행인 박진희, 황부현

출판등록 2018년 5월 10일(제2018-000084호)

주소 경기도 고양시 일산서구 중앙로 1568 하성프라자 601호
전화 031)917-7279 **팩스** 031)918-3088
전자우편 yemmibooks@naver.com

ISBN 979-11-89877-42-2 03810

이 도서의 국립중앙도서관 출판예정도서목록(CIP)은 서지정보유통지원시스템 홈페이지(http://seoji.nl.go.kr)와 국가자료공동목록시스템(http://www.nl.go.kr/kolisnet)에서 이용하실 수 있습니다. (CIP제어번호 : CIP2020049568)